LETTRES

ou

CONSIDÉRATIONS

sur

L'ÉTAT PRÉSENT DE LA SOCIÉTÉ EN FRANCE, SUR LA MEILLEURE
ET LA PLUS SAGE DIRECTION POSSIBLE A DONNER A L'ÉDU-
CATION DES JEUNES PERSONNES EN GÉNÉRAL : CES
QUELQUES LETTRES DEVANT SERVIR D'INTRODUC-
TION A UNE REVUE RAPIDE DE L'HISTOIRE
TANT ANCIENNE QUE MODERNE DANS SES
RAPPORTS NÉCESSAIRES AVEC LA
GÉOGRAPHIE, ET ENVISAGÉE
SURTOUT SOUS LE POINT
DE VUE MORAL ET
RELIGIEUX,

PAR J. JOVENET (DU PAS-DE-CALAIS).

CAMBRAI.

IMPRIMERIE DE C.-J.-A. CARPENTIER, GRAND'PLACE, 76.

1844.

A MESSIEURS LES RÉDACTEURS

Des Journaux Catholiques, tant de Paris que des Départements.

MESSIEURS,

Nous vivons dans un temps où il n'est permis à aucun de nous, chrétiens raisonnablement éclairés et de bonne foi, de rester indifférent sur les manœuvres et les derniers efforts de l'IMPIÉTÉ, dont le but mal déguisé est maintenant bien connu: il n'est que trop facile d'en juger par les sorties aussi imprudentes qu'injustes faites récemment encore et en haut lieu contre le clergé de toutes les classes; sorties qui ont jusque dans les derniers rangs de la société un retentissement bien funeste. C'est pour en combattre les effets, selon mes faibles moyens, que rentré depuis cinq ans dans la vie privée, à portée que j'ai été et que je suis encore de beaucoup voir, j'ai conçu l'idée, dans l'unique intérêt de l'ordre et du bien social, des articles, sous forme de lettres, contenus dans la présente brochure, laquelle sera suivie de la publication régulière d'une série d'articles d'une plus grande étendue, dont l'objet est indiqué dans ma première lettre à M. le Rédacteur de l'Émancipateur, à Cambrai. Cette modeste brochure, Messieurs, je la livre avec confiance à votre examen, dans l'espoir que par vous elle aura le degré de publicité dont vous la jugerez digne.

Croyez aux sentiments de sincère gratitude et de sympathie avec lesquels j'ai l'honneur d'être,

Votre tout dévoué serviteur,

J. JOUVENET, du Pas-de-Calais,

Ancien Directeur du Bureau-Officiel des Instituteurs du département de la Seine, ancien Professeur aux Écoles régimentaires de l'ex-garde impériale et chef d'institution à Passy, près Paris,

Cambrai, en mars 1844.

LETTRES

SUR

L'ÉDUCATION

DES JEUNES PERSONNES.

Première Lettre.

A Monsieur le Rédacteur de l'ÉMANCIPATEUR,
à Cambrai.

Monsieur,

Ancien chef, quant aux études, d'une institution de demoiselles à Passy, près Paris, où j'ai long-temps compté des élèves de ce département et de celui du Pas-de-Calais; ramené pour cause de santé dans ces belles contrées où j'ai passé les vingt-huit premières années de ma vie; j'éprouve le besoin de dire par la voie de votre estimable journal ce que j'ai ressenti de plaisir à la vue de l'activité prodigieuse que j'y ai remarquée, de l'état prospère du pays et du sentiment religieux qui s'y est plus ou moins maintenu ; ce que malheureusement je ne puis pas dire des villes et des grandes contrées qui avoisinent Paris.

Heureux départements que ceux du Nord et du Pas de-Calais, si riches en produits agricoles, fruits moins, peut-être de la bonté naturelle du sol que des améliorations progressives qui s'y sont introduites ; départements où la voix des hommes sainement éclairés, qui y donnent le mouvement, est si bien comprise, et où ces hommes ne craignent pas de dire hautement et de prouver par leur exemple qu'avant le bien être matériel il en est pour les peuples un plus pressant encore, *le besoin de moralité.*

Mais, monsieur, ici comme dans les autres départements il est une classe d'hommes, et ce n'est pas la moins nombreuse, chez laquelle ce besoin est loin d'être assez senti, égarée qu'elle est par ces doctrines funestes qui désolent depuis trop long-temps la société. Il n'est que trop aisé d'en juger par ce qui se passe généralement sous nos yeux, notamment dans les classes inférieures : les faits sont là et parlent assez haut, et cela, disons le sans détour, parceque pendant près de 5o ans on a tout fait pour l'instruction et rien ou presque rien pour l'éducation proprement dite ; abandon dont nous subissons tous les jours encore les tristes conséquences.

Les dépositaires de l'autorité publique, convaincus de l'insuffisance, de l'impuissance même des moyens de repression judiciaire, sentent enfin la nécessité de chercher sérieusement le remède à tant de maux où il est réellement et uniquement, *dans l'instruction religieuse.* Il importe, il est de la plus grande urgence que les gens de bien s'entendent de bonne foi pour faire que cette instruction réponde le plus efficacement possible aux soins généreux des hommes qui en sont chargés, mais dont le zèle si sagement entendu est loin d'être partout apprécié et secondé comme il serait tant à désirer qu'il le fût.

Quoiqu'arrivé à l'âge du repos et presqu'à la fin de ma longue et laborieuse carrière, je ne veux pas rester témoin impassible du combat opiniâtre livré d'une manière plus ou moins déguisée aux anciennes croyances de nos pères; combat grave dans lequel il n'est permis à aucun de nous, instituteurs aussi bien qu'institutrices, de rester indifférens.

Pendant que nos écrivains catholiques défendent avec tant de persévérance, avec une supériorité et une puissance de raison si remarquable, la cause de la génération naissante, cause qui est aussi, ne nous y trompons pas, celle de notre belle France, je veux de mon côté user du faible moyen d'influence que je m'estime heureux de m'être ménagé. Ce moyen, qui certes, n'est point du tout à dédaigner, est dans le concours de nos bonnes institutrices, celui surtout des mères de famille chrétiennes; concours auquel, en ma qualité de l'un des vétérans du professorat, je me permets de faire appel, et j'ose espérer que ma voix sera entendue.

Ces mères de famille ne sont-elles pas les premières institutrices de nos enfans? et n'est-ce pas près d'elles encore que leurs filles, au sortir de nos mains, vont recevoir les leçons pratiques si nécessaires au complément de leur éducation ? Jusqu'où ne peut pas atteindre leur sollicitude, leur intelligence, élevées comme elles le sont généralement de nos jours ?

C'est dans cette vue et principalement à leur intention que je sollicite ici de vous, monsieur, la faveur d'insérer dans quelques uns des numéros de votre journal une suite de petits articles sous forme de lettres sur les découvertes, les institutions, les mœurs et usages des peuples tant anciens que modernes ; articles dans lesquels je m'attacherai surtout, comme avertissement important pour nous, à faire voir quel fut le sort de la plupart des peuples anciens dès que, dominés par un égoïsme insatiable et par toutes les sensualités de la vie purement matérielle, ils ont cessé d'avoir foi en leurs dieux.

Je crois devoir avertir ici que cette série soigneusement variée sera précédée de quelques lettres sur l'état présent de la société et sur les limites dans lesquelles je crois qu'il serait sage de se renfermer pour l'instruction et la bonne direction des jeunes personnes en général.

Heureux si, par le tableau vrai et rapide que je me propose de faire passer sous leurs yeux et ceux de leurs mères, et par la puissante influence que je réclame de celles-ci, je puis contribuer quelque peu à ouvrir à la génération qui s'élève autour de nous un avenir, un bien-être moral meilleur que ne l'a eu la génération précédente, je n'aurai pas à regretter les momens que j'aurai passés dans ce beau pays, qui me rappelle de si doux souvenirs.

Deuxième Lettre.

Avant de poursuivre la série des articles que j'annonce dans ma première lettre, je dois ici prévoir une objection qu'on pourrait me faire sur mes antécédents. Des personnes qui m'ont connu de 1796 à 98 secrétaire dans deux administrations de canton, district ou arrondissement de St-Pol (Pas-de-Calais), où je suis né, et de 1798 à 1801 professeur dans deux pensionnats du Nord, pourront dire que loin d'être alors ennemi des doctrines contre lesquelles je m'élève aujourd'hui si hautement, je paraissais assez m'accommoder, dans mes leçons et mes répétitions de grammaire générale à Lille, des principes suivis dans les cours des écoles centrales.

C'est vrai, j'ajouterai même que non-seulement les grammaires de Dumarsais, de Condillac et de Domergue, alors en grande faveur, avaient de l'attrait pour moi, mais que, tombé dans une sorte d'indifférence en matière de religion, par le genre d'études auquel je me livrais et les professeurs fort peu croyants dont je faisais ma société habituelle, je ne voyais surtout rien au-dessus des éléments d'idéologie de M. de Tracy, de l'essai sur l'entendement humain de Condorcet et des mémoires de M. Cabanis sur le rapport du physique et du moral de l'homme, sans trop chercher à pénétrer plus avant.

Mais lorsqu'à Paris (1802) j'eus ouvert le catéchisme de la loi naturelle de Volnay, le catéchisme universel de St-Lambert, le dictionnaire philosophique de Voltaire, sans parler d'une foule d'autres ouvrages non moins funestes, mes yeux se dessillèrent, je compris enfin la pensée et je vis clairement le but, au reste assez hautement avoué, des chefs de la philosophie moderne, effrayé d'ailleurs que j'étais déjà des conséquences du culte de la déesse Raison et de celui de nos anciens théophilantropes. J'étais alors directeur du bureau officiel des instituteurs du département de la Seine, emploi où plus que personne je fus en position de bien juger de la cause des graves abus et de tous les désordres introduits jusque dans les pensions par les temps de licence que nous venions de traverser; désordres que sur mes rapports l'administration centrale chercha, mais inutilement, à réprimer.

Ce fut alors (1806) qu'au grand regret, je puis le dire, de M. le comte Frochot, préfet de la Seine, ainsi que des chefs des meilleures institutions de Paris et des environs, je quittai la direction du bureau des instituteurs pour fonder à Passy l'établissement d'instruction dont je m'honore d'avoir 34 ans dirigé les études.

Là, par la lecture plus attentive de nos bons classiques, surtout du *Génie du Christianisme*, je sentis peu à peu se réveiller en moi les principes dans lesquels j'avais été élevé et qui n'ont cessé depuis lors d'être la base essentielle de mon enseignement; base sans laquelle il est dans ma parfaite conviction qu'il ne peut y avoir de bonne, de solide instruction. Voilà ce que je voudrais que l'autorité en général, ce que les instituteurs et les institutrices de toutes les classes ainsi que les pères et mères de famille comprissent bien dans leur propre intérêt comme dans l'intérêt de leurs enfants. Tel est et tel sera jusqu'à mon dernier soupir le but de tous mes efforts, parcequ'il m'est bien démontré qu'il n'y a de tranquillité à espérer pour l'état et de sécurité pour les familles que par une instruction religieuse sagement entendue. Si ceux qui en doutent et cherchent à en détourner l'influence avaient vu de si près que moi les effets du culte chimérique où l'on semble vouloir nous ramener, ou plutôt de l'absence de toute religion, j'ose croire qu'ils changeraient de langage.

Qu'ils jettent donc les yeux sur l'état de la société en France, surtout dans les pays de fabrique, et sur nos grandes manufactures ; ils verront non sans effroi qu'elles étaient bien près de nous offrir le triste spectacle de ces manufactures anglaises, dans lesquelles sont entassés jusqu'à des milliers d'enfants et d'adolescents qui semblent la plupart n'y vivre que pour le désordre et la rébellion ; ne sachant dans leur délire à qui s'en prendre de l'état de misère et d'abjection où eux comme leurs pères se voient réduits !

Heureusement pour ceux de ces infortunés qui nous intéressent plus particulièrement et pour les villes où ils se trouvent en plus grand nombre, s'y sont formées et multipliées ces utiles institutions, ces pieuses associations si fécondes en bonnes œuvres et si ingénieuses à en répandre les bienfaits dans la plus juste proportion possible.

Un mouvement non moins heureux de retour aux saines idées se manifeste plus ostensiblement encore, notamment dans nos grandes villes où la voix puissante des orateurs chrétiens qui prêchent la parole de Dieu, trouvé tant de sympathie dans l'élite de la jeunesse de nos écoles publiques et dans les personnes les plus distinguées de la classe supérieure, celle-là même où l'incrédulité sceptique et railleuse du 18e siècle avait trouvé ses plus chauds partisans.

Mais dans ce que nous appelons la classe *intermédiaire*, la plus nombreuse, aussi la plus indifférente et la plus généralement imprégnée des doctrines dont nous sommes condamnés à déplorer encore longtemps les effets, comment et par quelle voie y faire revivre la foi éteinte ou si fort affaiblie en tant de cœurs, surtout dans les campagnes qui avoisinent Paris et nos grandes villes, malgré les efforts aujourd'hui si mal appréciés de leurs malheureux pasteurs? Redisons le, le seul moyen est dans la plus pieuse, la plus sage direction possible à donner sincèrement et pleinement à l'instruction générale et dans la part d'influence que pour mon compte je réclame des mères de familles chrétiennes, parceque je les connais et que je sais tout ce que l'on peut attendre aujourd'hui de leur sollicitude. Ce n'est que par elles encore que l'on reviendra peu à peu des préventions généralement et si injustement élevées contre les ministres de nos autels.

Dans ma prochaine lettre j'essaierai de faire voir, d'après M. le comte de Maistre et les professeurs les plus sensés de la faculté des lettres à la Sorbonne, l'avenir que peut encore espérer notre belle France, si elle veut bien le comprendre.

Troisième Lettre.

Dans son chapitre si remarquable, *Conjectures sur les voies de la Providence dans la révolution française*, chapitre où il s'étend longuement sur le bien que le clergé français est appelé à opérer dans l'œuvre de la rénovation tant désirée, M. le comte de Maistre, le penseur le plus profond, un des écrivains les plus éclairés et les plus judicieux qui aient paru de notre temps, ajoute : « Nul doute que le sacerdoce en France, régénéré et dirigé, comme il l'est, ne comprenne sa mission ; et les mêmes conjectures qui lui laissent apercevoir pourquoi il a tant souffert, lui permettent aussi de se croire destiné à une œuvre essentielle, et s'il ne se fait pas une révolution morale en Europe, si l'esprit religieux n'est pas renforcé dans cette partie du monde, surtout en France, le lien social est dissous. »

Dans ce même chapitre, après quelques considérations sévères dans lesquelles aucun ordre n'est épargné, à commencer par celui auquel il appartenait, il dit : « J'ai déjà parlé de la magistrature que la France, malgré ses graves écarts, est appelée à exercer sur le reste de l'Europe (au grand déplaisir d'une nation rivale et jalouse). La Providence, qui proportionne toujours les moyens à la fin et qui donne aux nations comme aux individus les organes nécessaires à l'accomplissement de leur destination, a précisément donné à la nation française deux instruments et pour ainsi dire deux bras avec lesquels elle remue le monde, *sa langue* et *l'esprit de prosélytisme* qui forme l'essence de son caractère; en sorte qu'elle a constamment le besoin et le pouvoir d'influencer les hommes. »

« La puissance, j'ai presque dit la monarchie de la langue française, est visible comme le soleil, on peut tout au plus faire semblant d'en douter. Quant à l'esprit de prosélytisme, il n'est pas moins connu. Depuis la marchande de modes jusqu'au philosophe, c'est la partie saillante du caractère national. Ce prosélytisme peut passer pour un ridicule, et réellement il mérite souvent ce nom surtout par les formes. Dans le fond cependant c'est une fonction et une fonction puissante. »

Mais cet esprit de prosélytisme, par l'usage qu'un trop grand nombre d'écrivains font encore de leur plume, opérera-t-il la révolution morale qu'appelle M. de Maistre et avec lui la partie saine de la nation française? Non, mille fois non, tant qu'à côté des doctrines catholiques propres à atteindre le but désiré, nous en verrons qui tendent ouvertement à tout remettre en question pour le seul plaisir de faire du nouveau, au risque de ce qui pourra s'en suivre.

En effet, entendez dans plusieurs de nos écoles publiques les coryphées de la philosophie moderne : effrayés comme nous, toutefois, de l'évidence du mal, ils conviendront de la légitimité de nos désirs en faveur de l'enseignement religieux, mais désirs qui ne peuvent se réaliser, disent-ils, qu'avec des modifications qu'eux seuls prétendent avoir mission d'introduire, osant dire que le christianisme, bon au fond et

dont ils ne contestent pas les bienfaits, est resté sta-
tionnaire dans le mouvement général de l'esprit humain, et qu'il a besoin d'être rajeuni pour reconstituer
l'ordre social.

Dieu nous préserve en morale comme en philosophie de cette étrange transformation, dont les fruits,
gardons-nous d'en douter, ne le cèderaient en rien à
ceux des temps déplorables qui ne sont pas encore
bien loin de nous. Les chefs de la philosophie moderne
ne veulent pas, je le crois, le retour des saturnales et
des extravagances de ces temps; ce qu'ils veulent,
c'est substituer à nos anciennes croyances un *ratio-
nalisme* de leur façon, c'est-à-dire, une indifférence
raisonnée en matière de religion. Supposons un instant que par leurs beaux discours et leurs séduisantes
promesses ils parviennent sans de nouveaux malheurs
à faire prévaloir leur système, qu'arriverait-il? laissons
sons répondre un orateur célèbre, M. de Fraissynous,
dont la mémoire est restée chère à la France chrétienne.

« Bientôt, dit-il, toutes les croyances religieuses
seraient ébranlées. Incertains et flottants, les esprits
ne sauraient plus que croire ni que rejeter. La religion s'affaiblissant, les règles de conduite qui en déri-
vent s'affaibliraient avec elle; chacun se ferait à part
sa manière de penser, de juger et d'agir; plus de
cette conviction profonde qui fait la force de l'âme;
plus de ces principes fermes d'une croyance commune
qui mieux que les lois, rapprochent, lient les esprits et les cœurs. Les hommes, privés de ce lien,
n'auraient de commun que les passions qui tendent

à diviser ; il n'y aurait plus ou que très peu de sentiments nationaux ; l'amour de la patrie, par conséquent, serait altéré ; les pensées généreuses iraient
s'éteindre dans le froid égoïsme, et l'on n'aurait plus
cette communauté, cette unité de vues et d'affections
dont se compose le vrai patriotisme et qui donne tant
de stabilité à l'édifice social.

Voilà, n'en doutons pas, le spectacle que n'aurait
pas tardé à présenter la société en France, si l'on fût
resté plus long-temps indifférent sur cette nuée de
mauvais livres et de publications impies et licen-
cieuses qui ont si long-temps empoisonné jusqu'à nos
simples hameaux, et où ils ont laissé malheureusement des traces si profondes. Assurément l'autorité
universitaire a les meilleures intentions pour qu'il soit
enfin fait justice des doctrines contraires à l'enseignement religieux, elle en voit la nécessité ; mais qui
veut la fin doit aussi vouloir les moyens ; et ces
moyens ne sont pas ce qu'ils devraient être, parce
que les autorités secondaires, surtout les autorités
locales ou inférieures sont loin encore de partager les
convictions et les vues de l'autorité supérieure, et
montrent en général peu d'empressement à la mieux
seconder.

En attendant de leur part et de la part de MM.
les inspecteurs une surveillance plus active et plus
sévère pour ce qui tient aux bonnes mœurs et aux
principes religieux exigés des instituteurs et des institutrices de toutes les classes et de tous les degrés,
il importe que les pères de famille intéressés s'entendent avec leurs pasteurs pour éveiller l'attention de

MM. les recteurs sur les reproches mérités qu'auraient encourus à cet égard les instituteurs et les institutrices de leurs communes, dans le cas où l'autorité locale, avertie, aurait refusé de prendre l'initiative. Une plus longue indifférence sur ce point si important ne serait pas moins funeste que l'a été la circulation libre des mauvais livres et qu'elle l'est encore par les impressions que ces livres ont laissées. Et alors comment se réaliseraient les espérances que M. de Maistre fait concevoir à la France, mais à une condition, retenons la bien, c'est qu'elle conservera sa foi pleine et entière, et que cette foi rentrera dans toutes les classes de la société.

Quatrième Lettre.

J'ai parlé dans ma lettre précédente des craintes sérieuses de MM. de Maistre et Fraissynous sur le danger imminent que court l'ordre social en France, s'il ne s'y fait une révolution morale dans les esprits. Cette crainte, je puis l'assurer, est aussi celle des professeurs les plus distingués et les plus suivis de la faculté des lettres à la Sorbonne, notamment de MM. Lenormand et Ozanan, par qui j'ai entendu déclarer presque simultanément, en pleine chaire et devant un auditoire très nombreux, que c'en est fait des beaux jours de la France comme puissance modèle et civilisatrice, si elle ne revient franchement à l'*unité de foi et d'enseignement*; si la classe nombreuse dont j'ai déjà parlé, se laissant dominer exclussivement par

l'intérêt personnel et les préoccupations qui en sont
la suite nécessaire, reste plus long-temps indifférente au mouvement religieux qui s'annonce dans la
classe éclairée et aux leçons d'une expérience pour-
tant assez claire et assez significative pour tous. Je
n'oublierai de ma vie l'impression profonde qu'ont
faite sur tous les auditeurs ces considérations graves
et sévères, sans qu'elles aient été suivies d'aucun
signe d'improbation, tant chacun est resté frappé de
la vérité du tableau.

Une chose non moins affligeante dans la classe qui
fait pour ainsi dire le fonds de la société, ainsi que
dans la classe inférieure, c'est la légèreté avec laquelle
on y parle, généralement, de la religion et de ses ministres, souvent même en présence des enfants, que si
peu, passé l'âge de leur première communion, surtout
parmi les garçons, se mettent en peine de renouveler.
Voilà, ne nous y trompons pas, la grande plaie qui
mine aujourd'hui le plus le corps social et celle, par
conséquent, à laquelle il importe de porter le plus
prompt remède, et bien certainement on n'y pourra
réussir que par une éducation religieuse sagement
entendue et bien sentie; ce qui m'amène naturellement
à jeter un coup d'œil sur l'état des pensions et des
institutions de jeunes personnes, désignées sous les
noms d'*écoles du* 2me *et du* 3me *degrés*, les seules dont
j'aie à m'occuper ici, et l'on en concevra aisément la
raison.

Je dirai d'abord que ma première surprise, à Cambrai, fut de n'y pas trouver une institution que je ne
crains point d'appeler *institution modèle*, tenue par

les Sœurs du Sacré Cœur ou par toute autre associa-
tion religieuse principalement vouée à l'instruction
des jeunes personnes. Non que je veuille dire ou in-
sinuer que les institutions particulières ouvertes par
des institutrices reconnues n'aient pas aussi leur mérite et des droits légitimement acquis à la confiance des
familles. Loin de moi la pensée de chercher à jeter
sur ces maisons la moindre défaveur : celle dont j'ai
dirigé 34 ans les études était de ce nombre.

Mais je dois dire que, même dans le cours de mon
professorat, j'ai reconnu avec un grand nombre de
personnes aujourd'hui de mon avis, que pour la plus
grande sécurité des familles il était nécessaire qu'il y
eût un certain nombre d'institutions régulières ou
religieuses, desquelles les autres ou non régulières
sentissent le besoin de se rapprocher de plus en plus
pour tout ce qui tient au bon ordre et aux principes
religieux. Ce besoin est si bien compris par la plupart de Messieurs les préfets, que presque tous ceux
qui ont établi des écoles normales pour former de
jeunes institutrices, en ont confié le soin à des maisons religieuses, sentant très bien, après les temps
de licence et de désordres dont nous sortons à peine,
qu'on ne saurait prendre trop de précautions pour en
empêcher le retour, sage mesure qui sera sans doute
suivie de la surveillance nécessaire pour mieux s'assurer de la moralité et des bons principes des institutrices de toutes les classes.

L'établissement de ces institutions modèles, confiées à de telles mains, aura encore cela d'heureux
pour les familles, tout en les éclairant sur la meil-

2

leure et la plus sage instruction possible à donner à leurs filles, de faire naître parmi toutes les institutrices une émulation qui ne pourra que leur être profitable de même qu'à leurs élèves. Observées de plus près, ces institutrices, jusqu'ici sans plan bien arrêté, enseignant à peu près ce qu'elles veulent et comme elles le veulent, au moins dans certains départements, se verront obligées de rentrer dans les limites de leurs diplômes pour s'étudier à en suivre plus fidèlement la lettre.

De leur côté, leurs sous-institutrices ou maîtresses de classe, pour l'admission desquelles on finira, j'espère, par être moins facile, se pénétreront davantage de l'importance de leurs rapports immédiats avec leurs élèves, auxquelles elles doivent, outre l'instruction, surtout le bon exemple. Nous verrons plus loin quels sont les titres auxquels on peut reconnaître une bonne et véritable institutrice.

Ici comme dans les grandes villes, principalement à Paris, moins de mères se laisseront prendre aux annonces fastueuses de ce qu'elles appellent *hautes études*, dédaignant trop souvent les simples et utiles notions élémentaires seules nécessaires à leurs filles. Celles-ci, surtout celles à imagination vive et douées de quelque facilité, se passionneront moins aussi pour ces études et pour ces compositions au-dessus de leur âge, qu'on prône, que l'on publie même quelquefois comme de petits chefs d'œuvres. Au lieu d'exalter ainsi ces jeunes têtes, on comprendra qu'il est beaucoup plus sage de les amener peu à peu à la soumission et à la reconnaissance envers leurs institutrices, comme envers leurs parents, et à borner leurs prétentions à n'être dans le monde que de jeunes personnes modestes et sensées, en se contentant des connaissances utiles dont elles auront besoin dans leurs familles.

Si parmi elles il en est qui se sentent appelées par un goût particulier et bien prononcé dans la carrière épineuse des lettres, elles sauront toujours assez tôt s'en ouvrir la route; ce n'est pas à nous, professeurs aussi bien qu'institutrices, à la leur montrer; nous avons bien d'autres devoirs à remplir avec elles; devoirs qu'aideront puissamment à faire comprendre les sages et modestes institutrices, dont pour mon compte j'appelle ardemment l'influence, dans l'intérêt bien entendu de celles même de nos institutrices particulières qui ont à cœur et comprennent bien les devoirs difficiles de leur état.

Cinquième Lettre.

UN MOT A MES ANCIENNES ÉLÈVES,

Chères Élèves,

Dans la persuasion où je suis qu'aucune de vous n'a perdu le souvenir du vif et sincère intérêt que je n'ai cessé de porter, dans le cours de mon professorat à Passy, à tout ce qui pouvait contribuer à votre avancement; je me fais un devoir, je tiens même à

honneur de ne pas vous laisser ignorer plus long-
temps les véritables motifs de ma retraite.

Cette retraite, qui m'a beaucoup coûté et qui date
déjà de quelques années, a eu pour cause bien connue, d'abord ma santé, puis le besoin de satisfaire à
un devoir de conscience auquel il était temps enfin
de songer sérieusement. Vous n'avez pas non plus
appris sans quelqu'intérêt, je le crois, que l'institution où vous avez compté quelques heureux instants,
n'a perdu par ma retraite aucun de ses droits à l'estime et à la confiance des familles, dans les mains
auxquelles j'ai laissé le soin des études, et que cette
institution est toujours en grande voie de prospérité.

De mon côté, en y cessant mes leçons je n'ai nullement renoncé au désir d'être encore utile à la jeunesse studieuse : mes intervalles de souffrance ont
été presqu'entièrement employés, même depuis mon
dernier accident, à revoir et à coordonner mes anciennes leçons, qui embrassaient, vous le savez, les
branches essentielles de l'instruction, et dans lesquelles je me suis attaché depuis à faire entrer les
saines et utiles améliorations amenées par le temps,
améliorations dont je veux vous faire juges par les
publications dont je m'occupe, et vous faire profiter
vous ou vos enfants.

Ces modestes publications, annoncées par la *Ga-
zette de Cambrai* du 28 octobre dernier, consistent
dans une série d'articles sous formes de lettres, dont
les trois premières sont consacrées à prouver, par
le témoignage ds nos meilleurs moralistes, de nos
plus profonds et plus sages publicistes, la nécessité

de songer, non seulement au bien être matériel, mais avant tout au bien être moral de la société; qu'on n'y peut parvenir que par un sentiment profondément religieux, et que l'enseignement des principes propres à faire naître et développer ce sentiment, ne doit être confié, non plus que l'enseignement des connaissances morales dont il est la seule et véritable base, qu'à des institutrices comme à des instituteurs sincèrement religieux; enfin que le bonheur de la société entière et la tranquillité de l'état y sont fortement intéressés; ce qu'aujourd'hui l'autorité supérieure paraît comprendre; et j'ajoute avec pleine confiance que cette rénovation sociale tant désirée repose principalement sur l'influence, sur la sollicitude éclairée des ministres de nos autels, de nos bonnes institutrices et des mères de familles chrétiennes.

Dans les trois lettres ou articles suivants, j'essaie de faire voir comment la double instruction dont il s'agit, pour produire l'effet que nous en attendons, doit être raisonnablement entendue, et j'ai pensé qu'on me saurait peut-être quelque gré d'exposer brièvement le mode d'enseignement suivi de mon temps dans l'institution de Passy, et justifié par près de 40 ans de succès bien connu.

Après ces trois lettres, en suivront quelques-unes à mes anciennes élèves, et sur le but que je me propose dans mes publications, et sur les mœurs de notre époque; puis paraîtra immédiatement dans l'*Emancipateur* et le *Journal du Clergé* des diocèses de Cambrai, d'Arras et de Soissons, le tableau promis des religions, des découvertes, des ins-

titutions, des mœurs et coutumes des peuples tant
anciens que modernes; tableau rapide et varié où,
tout en suivant fidèlement les progrès des sciences
historiques et géographiques, je rétablirai les omis-
sions importantes et rectifierai consciencieusement les
erreurs échappées à mon inexpérience dans l'enseignement de l'histoire durant les premières années de
mon professorat, égaré que j'étais alors comme bien
d'autres professeurs de ce temps par des guides aussi
peu bienveillants que peu fidèles, et qu'on a heureusement abandonnés depuis, au moins généralement, pour entrer dans la seule voie qui pût conduire à la vérité en morale comme en histoire.

Mes nouveaux guides et les principales sources
dans lesquelles j'ai puisé depuis déjà bien des années, sont, d'abord le grand Bossuet, Rollin, puis
Bérardier de Bataut, Domairon, MM. le marquis de
Villeneuve, Cayx et Poirson, ouvrages que l'on peut
mettre en toute confiance entre les mains de la jeunesse, ainsi que quelques autres non moins estimables dont j'aurai occasion de parler dans le cours
de mes publications sur l'histoire et la géographie
comparées.

Ces publications, chères élèves, je les mets à la
disposition de MM. les rédacteurs de l'*Emancipateur*
et du *Journal du Clergé*, à Cambrai, que je laisse
seuls libres d'employer le mode de publicité qu'ils ju-
geront le plus convenable; et j'ose espérer, en retour
de mes sincères intentions pour vous et vos enfants,
que vous ne serez pas les dernières à encourager ces
faibles productions de votre suffrage, assurément le
plus honorable que je puisse ambitionner.

Sixième Lettre.

Après la lettre précédente à mes anciennes élèves, sur la nécessité de plus en plus reconnue de l'enseignement religieux, comme base essentielle d'une bonne et solide instruction, il me reste à examiner comment cette instruction doit être conçue pour atteindre par elle le but de rénovation auquel nous tendons ; ce qui va être l'objet des trois lettres suivantes, où je ne m'occuperai que des connaissances propres aux jeunes personnes placées généralement dans les pensions et les institutions particulières, et cela d'après l'expérience que j'en ai faite pendant près de 40 ans dans l'institution de Passy.

INSTRUCTION PUREMENT ÉLÉMENTAIRE
OU DU PREMIER DEGRÉ.

Bien que l'instruction des filles de toutes les classes, comme celle des garçons, soit fixée par les réglements universitaires et administratifs, on conçoit qu'elle n'est pas et ne peut être la même pour toutes ; que nécessairement plus étendue et plus variée pour les élèves des pensions et institutions particulières que pour celles des écoles proprement dites, cette instruction exige aussi des maîtresses qui en sont chargées des soins plus éclairés et plus minutieux, principalement la classe des jeunes commençantes, sans contredit la plus importante et celle de laquelle dépend le succès des autres classes.

En effet, pour amener sans contrainte à l'obéissance des enfans d'ordinaire gâtées, volontaires, capricieuses, et pour leur inspirer peu à peu le goût de l'étude et du travail, n'est pas chose aussi facile qu'on le croit trop communément. Une telle tâche, pour être bien remplie, ne doit être confiée qu'à une maîtresse d'une expérience, d'une sollicitude, d'une patience à toute épreuve, et surtout qui aime véritablement les enfants; qualités dont la réunion n'est pas à la vérité le partage d'un grand nombre de maîtresses, mais dont toute mère qui comprend l'importance de tels soins a le plus grand intérêt à bien s'enquérir.

Arrivent les devoirs réguliers, tels que la lecture, l'écriture, les premiers éléments d'arithmétique, de grammaire française et d'analyse grammaticale; les premières notions de la religion et de l'histoire sainte avec les petites fables et autres connaissances morales et variées propres à intéresser les enfants de cet âge; devoirs qui n'ont plus rien d'effrayant ni de pénible pour des élèves ainsi préparées. Aussi voyez-les, leur petit livre à la main, se presser autour de leur bonne maîtresse pour lire ou réciter leur leçon; puis rentrer sans confusion dans leurs bancs pour les petits exercices qui doivent suivre successivement et qu'il faut bien prendre garde de trop prolonger. Même empressement pour les petits ouvrages à l'aiguille et les exercices de piété avec une maîtresse qui sait les faire aimer par son exemple. Qu'on vienne à donner à de telles enfants une maîtresse trop jeune, sans expérience et qui ne les aime pas, bientôt vous verrez la différence.

INSTRUCTION SECONDAIRE OU DU DEUXIÈME DEGRÉS.

Sans nul doute, les éléments de cette instruction sont dans les pensions et les institutions de ce département ce qu'ils sont partout ailleurs; ils embrassent ou doivent embrasser, savoir :

D'abord l'instruction religieuse, consistant dans le catéchisme du diocèse, l'ancien et le nouveau testament et l'histoire abrégée de l'Eglise; puis la lecture ou l'art difficile de bien lire à haute et intelligible voix, en vers comme en prose; la calligraphie ou l'écriture perfectionnée et variée; la grammaire française avec les divers exercices propres à conduire à la connaissance pratique de notre langage; l'arithmétique théorique et pratique dans ses applications les plus usuelles; les principales notions de l'histoire et de la géographie en général, précédées des notions essentielles de chronologie et de cosmographie, et plus particulièrement l'histoire et la géographie de notre pays et des pays environnants; la comptabilité ou tenue des livres appropriée aux besoins ordinaires de la vie; les élémens simplifiés et les plus intéressants de l'histoire naturelle, etc.

Ici encore le principal mérite de cet enseignement ou le plus puissant mobile du succès, est dans l'esprit d'ordre et de méthode, dans le zèle et la vigilance éclairée de l'institutrice. Par exemple pour la grammaire ou la langue française, cours le plus important et d'une extrême difficulté, où il s'agit en effet, après les premiers accords en général, de faire bien con-

naître le mécanisme ou la conjugaison de nos verbes,
surtout des verbes irréguliers et défectifs, les difficultés orthographiques et usuelles dans l'ordre de chacune des parties du discours; principalement les par-
ticipes et successivement les élémens essentiels de la
proposition, de l'analyse grammaticale et logique, les
règles de la ponctuation par l'entente de la proposition, celles de la construction et les principales figures
de syntaxe : comment y réussir si ce n'est par une
série d'exercices méthodiquement gradués et présentés
avec clarté, et si l'institutrice ou au moins le professeur ne sait mêler à propos dans ces exercices quelques notions rapides de grammaire générale sur les
principales opérations de l'esprit, en faveur des élèves
les plus avancées?

Assurément, dit si judicieusement l'aimable et spirituel Philippon de la Madelaine, cette instruction
ainsi entendue et bien comprise, est suffisante pour
de jeunes peosonnes, parmi lesquelles il en est peu
qui aient besoin de faire un discours, une dissertation
philosophique, une pièce de vers; tandis qu'il n'en
est pas qui ne soient fréquemment dans la nécessité
de faire une lettre sur un sujet quelconque. L'essentiel
c'est que cette lettre soit écrite avec clarté, simplicité
et méthode, talent qui leur devient facile, à elles
surtout, lorsqu'elles connaissent bien les principes de
leur langue, et que l'on prend soin de leur former
l'esprit et le goût par la lecture attentive et l'analyse
des bons modèles, dont il importe qu'elles soient bien
pénétrées.

Voilà bien, ce me semble, la meilleure des rhéto-

riques et celle à laquelle une jeune personne doit
savoir se borner, à moins que par état ou par la
volonté de ses parents elle ne soit obligée de poursuivre ses études jusque y compris l'instruction du
troisième degré, qui fera l'objet des deux lettres suivantes, lesquelles seront aussi les dernières sur ce
qui concerne l'éducation des jeunes personnes.

Septième Lettre.

INSTRUCTION SUPÉRIEURE OU DU TROISIÈME DEGRÉ.

Cette instruction consiste dans l'étude plus développée de l'histoire et de la géographie comparées, et
dans celle de la littérature française en général, comprenant les élémens essentiels de logique et de rhétorique; étude longue, hérissée de difficultés et fort peu
attrayante pour les élèves, surtout celle de l'histoire
et de la géographie, présentée comme elle l'a été si
long-temps. Mais de nos jours, des hommes éminemment éclairés et que nous aurons occasion de faire
connaître, sont parvenus à beaucoup simplifier ces
deux dernières branches d'instruction sans rien dimi-
nuer de leur importance et de l'intérêt qu'elles doivent inspirer aux élèves.

Histoire. — Eclairés du flambeau de la cosmogonie
de Moïse, vérifiée et prouvée par les découvertes du
grand Cuvier et les travaux consciencieux de ceux
de nos géologues modernes qui ont marché sur ses

traces, ces hommes, ne séparant pas l'histoire de la
géographie, ont très bien compris qu'en effet l'histoire
des premières révolutions de notre globe s'applique
naturellement à celle des premières révolutions humaines, que nous suivons curieusement avec eux à
travers les premiers âges du monde. Après les notions
préliminaires de chronologie et de géographie indis-
pensables pour l'intelligence de l'histoire et un coup-
d'œil rapide jeté sur les premières sociétés humaines,
nous disons un mot des diverses formes de gouver-
nement sous lesquelles les peuples tant anciens que
modernes ont vécu, et nous passons aussitôt aux
grandes divisions et aux subdivisions essentielles de
l'histoire.

Prenant d'abord l'histoire des Hébreux ou du peuple de Dieu, et guidés surtout par le grand Bossuet,
nous la suivons jusqu'à la captivité de ce peuple à
Babylone, en y rattachant l'histoire abrégée des principaux peuples contemporains; puis et successivement
celle des quatre grandes monarchies anciennes sous
Ninus II et Sémiramis sa femme, sous Nabuchodo-
nosor II, le grand Cyrus, Alexandre de Macédoine
et ces fiers romains, conquérants formidables dont
tous les peuples des trois grandes parties du monde
alors connu ont tour à tour subi le joug; nous arrêtant dans cette marche rapide pour faire connaître les
temps de gloire des plus célèbres de ces peuples, tels
que les Egyptiens, les Assyriens ou Babyloniens, les
Perses, principalement les Grecs et les Romains, et
sans oublier les beaux et derniers moments des Juifs
sous les Maccabées. Arrivés à l'établissement des mo-

n'archies modernes formées des débris de l'empire romain d'Occident, nous donnons sans confusion, le plus clairement et le plus rapidement possible, une idée générale de l'histoire du moyen-âge et de l'histoire moderne, en rapprochant de l'histoire de France les faits saillants et épars des principaux peuples contemporains, comme nous l'avons fait, pour les temps anciens, de l'histoire des Hébreux et de celle des quatre grandes monarchies; nous attachant dans tout le cours de notre enseignement historique à mettre toujours en première ligne et en relief l'histoire de la religion, sans négliger de faire connaître les causes morales de la véritable grandeur des peuples et celles de leur décadance.

Cette méthode, à la fois si simple et si lumineuse, nous la devons en grande partie à M. le marquis de Villeneuve, et s'applique très heureusement à l'enseignement de la géographie. En effet, il est facile de concevoir, quant à l'histoire, qu'en déroulant d'abord sous les yeux de l'élève le tableau succinct des peuples qui apparaissent sur le grand théâtre du monde, et en arrêtant un instant ses regards sur les événements décisifs des temps anciens comme des temps moins reculés, il en voit mieux l'ensemble et la véritable physionomie. Ému à la vue des personnages célèbres que nous lui fesons remarquer, il veut mieux les connaître quand il en a le loisir, et sa curiosité ainsi éveillée le conduit par des linéamens faciles et avec un intérêt toujours croissant à la connaissance des personnages et des faits secondaires, et de ces faits aux détails, que son esprit saisit beaucoup plus aisément et avec plus de fruit.

Géographie. — Même marche que pour l'enseignement de l'histoire. Après les notions géologiques,
atmosphériques et cosmographiques (réservées pour
les élèves les plus avancées, reviennent naturellement
ici les principales divisions et subdivisions de notre
globe et autres notions générales sur lesquelles on ne
saurait trop insister. En effet, mesurant du regard,
une grande mappemonde sous les yeux, l'étendue et
les limites des cinq grandes parties de la terre, nous
en suivons la configuration et faisons admirer l'aspect
plus ou moins imposant que présente chacune de ces
parties, telles que les diverses chaînes de montagnes
et les grands cours d'eau qui y prennent leurs sources.
Nous arrêtant un instant sur ce que ces mêmes parties
offrent encore de plus remarquable, nous mêlons à ce
premier aperçu quelques détails brefs et curieux sur
les principaux peuples, leurs mœurs et leur religion,
sur les animaux et les végétaux de chaque contrée,
moyen infaillible, dit encore M. de Villeneuve, d'atti-
rer l'attention et de piquer la curiosité des élèves.

Arrivant à la partie statistique, descriptive et historique, nous présentons l'aspect propre de chaque
contrée, ses limites naturelles par bassins, ses productions, ses villes et les lieux les plus remarquables,
en faisant surtout connaître les intérêts commerciaux
et industriels des peuples qui les habitent, ainsi que
leurs rapports politiques, les vicissitudes et les catas-
trophes par lesquelles ils ont passé, sans négliger le
rapport des anciennes dénominations avec les nouvelles, que les mêmes lieux ont reçues. De là, divi-

sion de la géographie comme de l'histoire en géographie générale et particulière, ancienne et moderne.

Ce cours recevait un nouveau degré d'intérêt du *géorama*, à l'aide duquel je le faisais à Passy ; globe de dix pieds de diamètre, dressé et exécuté par M. Breugnot, ingénieur-géographe, et dont les chefs d'établissements d'instruction auraient le plus grand intérêt à faire usage ; tant il rend l'enseignement de la géographie facile pour le professeur, instructif et attrayant pour l'élève ; ce dont on pourra juger par le géorama muet que j'ai l'intention de faire monter à Cambrai ; ce géorama, je me ferai un véritable plaisir de le mettre à la disposition des amateurs des études géographiques ; science long-temps peu appréciée, mais à laquelle on attache aujourd'hui toute l'importance qu'elle mérite.

Dans ma prochaine et dernière lettre sur l'éducation des jeunes personnes, je ferai voir rapidement comment je conçois l'enseignement de la littérature française en général.

———

Huitième Lettre.

SUITE DE L'INSTRUCTION DU TROISIÈME DEGRÉ, COMPRENANT LES ÉLÉMENTS SIMPLIFIÉS DE LOGIQUE, DE RHÉTORIQUE ET DE LITTÉRATURE FRANÇAISE PROPREMENT DITE.

Logique. — Les éléments de logique, que je place ici en première ligne, sont à mon avis, après l'analyse

raisonnée et développée, ceux sur lesquels on doit le
plus insister; car s'ils sont nécessaires à un jeune
homme pour former son jugement et le diriger, au
sortir de ses classes, dans les actes essentiels de la vie,
certes ils ne le sont pas moins à une jeune personne,
destinée à être la première institutrice de ses enfants, et sur laquelle doivent reposer des soins inté-
rieurs si importants. Ce que je puis affirmer, c'est que
celles de mes anciennes élèves qui se sont distinguées
dans cette partie de leurs études, sont aussi, généralement, dans leurs familles et dans le monde, par la
solidité de leur instruction, ce qu'elles étaient dans
leurs classes, des jeunes personnes d'ordre, judicieuses
et régulières. Toutefois, je n'entends nullement qu'il
faille les assujettir aux lois rigoureuses de la logique
de l'école. Si au point où elles en sont de leurs études
et jusqu'où elles doivent les poursuivre, il n'est pas permis de leur laisser ignorer ce qu'on entend par *argu-*
ments connus sous les noms de *syllogisme*, d'*enthymê-*
me, de *sorite*, de *dilemme*, d'*exemple* et d'*induction*, et
de savoir les distinguer au besoin, il n'est pas nécessaire, ou plutôt il serait ridicule d'exiger que dans
leurs compositions elles en suivissent trop minutieu-
-sement les combinaisons et les formules, qu'il faut
laisser aux hommes de l'école et du barreau. L'essentiel pour elles est qu'elles parlent et écrivent naturellement avec ordre et clarté, à la manière de nos
bons classiques, qu'on ne sauraient trop leur faire
lire et méditer.

Rhétorique. — Ce qu'on entend par le mot *rhéto-*
rique en général, son but; ce qu'elle est à l'éloquence

soit parlée soit écrite, dans ses principales applications. En combien de parties se divise la rhétorique. Définir l'*Invention* sa première partie, mais passer rapidement sur la plupart des divisions et subdivisions qui en ressortissent, parceque je ne vois pas de quelle utilité de telles nuances de langage peuvent être pour de jeunes personnes en général; mais ne pas négliger de leur faire remarquer la gradation qui conduit de la grammaire raisonnée à la logique, de la logique à la rhétorique, et de faire bien voir comment ces trois branches d'instruction s'enchaînent et s'éclairent mutuellement.

La *Disposition* et l'*Elocution*, 2e et 3e parties de la rhétorique, sont les deux sur lesquelles je crois utile d'arrêter principalement l'attention des élèves, puisqu'on veut de la rhétorique. En effet, elles voient dans la disposition la division naturelle du discours et toute la symétrie de l'art oratoire, qui comprend l'exorde, la proposition, la narration, la confirmation et la péroraison, qu'on retrouve dans toute composition de quelqu'étendue, écrite avec méthode et d'un style soutenu.

Dans l'Elocution, partie essentielle de l'éloquence, on leur fait admirer ce que le véritable orateur sait employer tour à tour d'adresse, de grace et de force pour gagner et persuader son auditoire, art qui consiste dans la solidité des pensées, le choix et l'arrangement des expressions, l'harmonie soutenue des périodes et l'usage heureux des principales figures, insistant surtout et principalement sur ce qui a rapport au style et à la narration épistolaire.

5

L'Action, pour ainsi dire cette éloquence du corps, exige ici peu de préceptes ; il ne s'agit de sujets à former ni pour le barreau, encore moins pour la tribune, mais de jeunes personnes solidement et modestement instruites, qui doivent s'étudier avant tout à se défendre des illusions de l'amour propre et qui, obligées de lire ou de réciter un morceau de leur composition ou tout autre morceau, le fassent de bonne grace, naturellement, d'une manière sentie et sans précipitation.

Littérature, étude vaste et d'un grand attrait pour les jeunes personnes, plus encore que pour les jeunes gens, où elles ont surtout besoin d'être bien dirigées dans leurs lectures comme dans leurs études. On conçoit qu'averties déjà par le témoignage de l'histoire du faible éclat que les lettres jetèrent en France jusqu'au règne de François Ier, ces élèves doivent se montrer peu désireuses de connaître dans tous ses détails la lutte longue et assez insignifiante pour elles que la langue romane a eu à soutenir d'abord contre l'idiôme provençal ou des troubadours, puis contre le latin, pour devenir et rester la langue nationale du pays. Il leur suffit, ce me semble, de savoir comment cette langue s'est formée, ce qu'elle était dans son enfance ; d'avoir une idée des mœurs de ces temps d'ignorance et de barbarie, ainsi que des causes qui arrêtèrent jusqu'au 16° siècle le développement de notre belle littérature, époque à laquelle nous voyons la France se placer avec son roi à la tête du mouvement intellectuel qui s'annonçait dans une grande partie de l'Europe, surtout en Italie, qui avait déjà

eu son Dante et son Pétrarque, et qui nous avait
devancés dans la carrière.

Toutefois, ce mouvement fut lent encore, durant
presque tout le cours de ce siècle, et la gloire littéraire
de la France ne commence véritablement qu'avec le
17ᵉ siècle. Cette gloire, elle la doit moins peut-être
aux chefs-d'œuvre en prose comme en vers dont il lui
est bien permis de s'énorgueillir, qu'à la pureté des
doctrines et à la noblesse des pensées qui les inspirè-
rent, seule vraie source de cette éloquence vive et
touchante que nous admirons et dont le retentissement ne s'est pas arrêté aux limites de la France.

Prenant donc la langue et la littérature française à
l'avènement de François Iᵉʳ (1515), nous en suivons
les progrès dans chaque genre, faisant connaître suc-
cinctement, d'après nos critiques les plus judicieux,
les auteurs auxquels sont principalement dûs ces progrès, et en conservant à la poésie son droit d'aînesse ;
car on a écrit en vers avant d'écrire en prose, et les
progrès de la poésie ont été bien autrement sensibles
que ceux de la prose.

Arrivé au 18ᵉ siècle, tout en tenant nos élèves en
garde contre les doctrines dont nous avons déjà signalé
les déplorables effets, aussi bon français que chrétien
sincère, nous mentionnons avec autant de plaisir que
de justice ceux des membres de nos assemblées natio-
nales et des principaux corps savants dont la pensée
dominante était de faire tourner leurs lumières aux
progrès de la législation, des sciences et des arts.
Comme le nombre en est très grand, nous ne citons
que les plus connus.

Voilà comment je conçois l'instruction des jeunes personnes considérée dans toute son étendue, et dont une véritable institutrice sait embrasser l'ensemble dans ses plus petits détails pour en mieux assurer le succès par l'émulation et la bonne harmonie qu'aussi elle sait entretenir entre ses maîtresses et ses élèves. Quel état! sans contredit, après le saint sacerdoce, le premier dans l'ordre social, quand on en a la dignité et les sentiments, qu'on en comprend tous les devoirs, qu'on ne recule devant aucun des sacrifices qu'il impose, et qu'enfin, toujours à l'exemple de ces institutrices modèles dont j'ai parlé dans une des lettres précédentes, on ne cherche pas de jouissances ailleurs qu'au sein de ses élèves et dans l'entier accomplissement de ses devoirs envers elles.

Neuvième Lettre.

DEUXIÈME LETTRE A MES ANCIENNES ÉLÈVES.

Chères Élèves,

Celles de vous qui à leur tour ont cédé au désir de se consacrer à l'éducation des jeunes personnes de leur sexe, n'auront pas lu, je pense, sans quelque surprise ma lettre en faveur des intitutions religieuses, et s'étonneront que moi-même ayant dirigé trente et quelques années une institution particulière encore existante et à laquelle je ne peux pas cesser de porter intérêt, j'insiste tant sur le mérite de ces institutions,

mérite que quelques-unes pourraient bien avoir la
secrète envie de contester. Je suis trop juste, on peut
le croire, et trop animé de l'amour du bien pour ne
pas faire à chacune d'elles la part que je crois lui
appartenir ; ce qui va me donner l'occasion de faire
connaître plus explicitement ma pensée à cet égard et
quelques autres vues sur les besoins réels de l'époque.

Sans doute, sous le rapport de la variété et de
l'étendue des connaissances exigées pour le diplôme
du degré supérieur, les institutrices particulières et
privées peuvent avoir l'avantage ; mais l'ont-elles pour
les connaissances essentiellement morales, pour l'esprit d'ordre et de méthode qui distinguent surtout les
Sœurs du Sacré-Cœur et celles de la congrégation de
Picpus ? J'en doute. Et quand il serait vrai que pour
le luxe et l'éclat de certaines études, les institutions
religieuses ou régulières n'égalassent pas celles que
l'on cite comme institutions particulières du premier
ordre, ces dernières seraient-elles admises à s'en prévaloir aux yeux des vrais appréciateurs de la saine
et solide éducation ? je ne le pense pas.

Au reste, il en est de ces institutions ou congré-
gations comme des Frères des écoles chrétiennes, lesquels marchent avec le siècle et en suivent les progrès
avec une scrupuleuse attention ; mais pour n'y prendre que les notions qui peuvent se concilier avec les
éléments d'instruction qui leur sont propres, afin de
mieux répondre aux besoins de leurs nombreux élèves
et aux désirs des parents ; et certes cette ville n'est
pas celle qui a la moindre part au zèle, aujourd'hui
mieux apprécié, de ces admirables et modestes insti-

tuteurs. Je ne crois pas exagérer en disant qu'il ne
manque à Cambrai pour être une des villes les mieux
dotées en établissements d'instruction publique et
particulière, civile et ecclésiastique, qu'une institution
modèle et régulière pour l'édification *nécessaire* des
pensions et institutions particulières des jeunes personnes.

Je dis nécessaire et non sans intention, car s'il est
vrai que nos institutrices et sous-institutrices ou
maîtresses de classe aujourd'hui en si grand nombre,
ne laissent rien ou laissent peu à désirer pour l'instruction, il ne l'est pas moins que le nombre de celles
qui réunissent les qualités essentielles qui font la
véritable institutrice, est encore fort limité : je ne
regarde comme telle que celle qui, aimant réellement
son état et les élèves qui lui sont confiées, vit constamment au milieu d'elles et comme elles, préside à
tous leurs exercices, les accompagne partout, aux
promenades comme à l'église, et ne croit pas surtout
pouvoir concilier avec de tels devoirs les plaisirs du
monde.

Telle est l'institutrice que je ne cesserai de recom-
mander partout comme modèle à imiter. J'ai la sa-
tisfaction d'en compter parmi vous, chères élèves, un
assez bon nombre, plusieurs même me touchant de
très près, qui considèrent ainsi leur état, et je les en
félicite; car il n'y a désormais de succès soutenus à
espérer que pour celles qui entreront sans arrière
pensée dans cette voie, et le temps n'est pas éloigné
où les parents mieux éclairées sur le véritable intérêt
de leurs enfants, ne se méprendront plus ou se mé-

prendront beaucoup moins dans le choix des institutrices comme des instituteurs à donner à ces mêmes
enfants. Les avertissements et les conseils ne manque-
ront pas à qui en aura besoin et voudra en profiter.

Ces avertissements aussi bien que ces conseils par-
tiront d'une source doublement respectable à mesure
que faisant taire d'injustes et funestes préventions, il
sera laissé aux membres du clergé en exercice une
part un peu plus large et moins contestée dans la surveillance des pensions et des écoles, qu'eux seuls sont
en position de faire bien connaître, ce qu'ils feront
alors avec plus de confiance, quand leurs avertissements auront été inutiles. L'attention de l'autorité
civile et spéciale ainsi éveillée, celle-ci, agira à son
tour en parfaite connaissance de causes et plus efficacement. Cette harmonie si précieuse et depuis si long-
temps désirée entre les deux pouvoirs préviendra,
une fois connue, beaucoup d'écarts, et sera un grand
pas vers le bien immense qu'il reste à faire, bien
auquel chacun de nous alors concourra sans hésiter
par tous les moyens d'influence dont il pourra dis-
poser.

C'est ici, chères élèves, institutrices ou mères de
familles vraiment chrétiennes, en général si favora-
blement placées dans l'ordre social, c'est dans cette
circonstance si importante et si décisive que vous êtes
appelées à exercer sur tout ce qui vous entoure cette
active et bienfaisante sollicitude qui va si bien à votre
sexe, et dirigée par les conseils éclairés de vos dignes
pasteurs, qui, je le sais, ne seront pas les derniers à
répondre à l'appel quand il leur sera fait sincèrement

et d'en haut. On peut être sans aucune crainte sur
l'usage qu'ils feront de leur influence, dont nous avons
un si grand et si pressant besoin.

Depuis cinq ans que j'ai quitté Passy, j'ai vu en
observateur attentif et impartial le prêtre dans la vie
privée comme dans l'exercice de son ministère; je l'ai
vu à Paris, dans les diocèses de Versailles, de Meaux,
et récemment dans le diocèse de Cambrai, et je puis
dire en toute vérité que partout il n'a qu'un désir,
celui de concourir librement, dans les limites rigoureuses et avec la conscience de ses devoirs, d'accord
avec l'autorité civile et administrative, à améliorer
l'état moral des diverses classes de la société, où il ne
songe à répandre, on peut le croire, que des idées
d'ordre, de soumission, de justice et de charité. Voilà
toute son ambition : elle ne va pas au delà.

Il sait bien que le temps n'est plus où, seul déposi-
taire des connaissances humaines, seul aussi il pouvait être chargé du soin de les répandre et celui non
moins important d'aider à l'interprétation des ordon-
nances de nos rois. Sortant de nos rangs, élevé avec
nous et comme nous, il partage toutes nos sympa-
thies pour le bien et la gloire du pays. Il ne voit
nullement d'un œil jaloux s'étendre autour de lui le
cercle des hautes études littéraires et scientifiques, ni
n'envie le privilège de les dispenser seul et à son gré;
ce qu'il veut pour lui il le veut pour les autres; mais
il sait aussi qu'à lui surtout appartient le soin spécial
et incontestable de veiller qu'il ne se mêle pas dans
ces études des doctrines ou des erreurs contraires aux
dostrines dont il a le dépôt sacré, comme celui de

travailler à assurer la règle des mœurs et la pratique des devoirs religieux, pour la sécurité des familles et pour le bien commun.

Puisse ce bon accord, cette heureuse et nécessaire harmonie entre les deux pouvoirs être bientôt comprise sur tous les points de la France comme elle l'est dans quelques unes des villes que j'ai habitées, notamment celle si bien conduite et si sagement administrée au spirituel comme au temporel, où je remercie tous les jours la Providence d'avoir conduit mes pas. Assurément on a beaucoup fait depuis quelques années dans cette ville aussi bien que dans la plupart des autres grandes villes pour y améliorer le sort des enfants et des adolescents des classes inférieures et de la classe ouvrière; mais nous verrons dans ma lettre suivante qu'on n'a remédié et pu remédier qu'à la moindre partie du mal, et que les plaies qui minent la partie principale et vitale du corps social sont loin encore d'être cicatrisées.

Il n'est que trop facile d'en juger par la dernière lettre pastorale de Mgr Giraud, lettre où, pesant dans une juste balance les croyances et les mœurs de ceux qui s'engagent dans les liens du mariage, ce zélé et courageux prélat fait voir l'extrême différence, sous ce rapport, des jeunes épouses sortant des mains de nos bonnes institutrices avec la plupart des époux et des jeunes gens de nos jours. De ces alliances en général si mal assorties quant aux qualités morales, naît, ajoute le savant prélat, le germe impur de cette dépravation, dont il me reste à retracer les tristes conséquences; ce que je continuerai de faire sans

aucun déguisement, assuré que je suis de l'appui,
j'ai presque dit de la sympathie des personnes distinguées à tous égards, à qui ne paraît pas avoir trop
déplu jusqu'ici la franchise, je peux même dire la vérité de mon langage, parce que ces personnes comprennent le but de mes efforts et les sentiments dont
je suis animé.

—

Dixième Lettre.

TROISIÈME LETTRE A MES ANCIENNES ÉLÈVES.

Chères Élèves,

La nécessité d'une éducation essentiellement morale
bien reconnue pour les élèves des deux sexes, et
après avoir dit comment il me paraissait raisonnable
que cette éducation fût entendue dans les pensions
et les institutions de jeunes personnes, j'ai dû dire
d'abord ce que ces institutions en général laissaient à
désirer pour offrir aux familles la même sécurité que
les maisons religieuses ou régulières à prendre pour
modèles, puis la part sérieuse que l'autorité civile,
d'accord avec l'autorité ecclésiastique, avait intérêt de
prendre à l'œuvre de rénovation morale que nous
appelons de tous nos vœux, en faisant voir combien
est nécessaire cette vigilante sollicitude des deux pouvoirs, aidée du concours des personnes sainement
éclairées des deux classes principales de la société et
des mères de familles chrétiennes, et cela en présence

de maux trop réels dont j'aurais eu très mauvaise
grâce de chercher à atténuer les premières et si affli-
geantes causes après un tableau tel que celui que
Mgr Giraud en a tracé dans sa dernière lettre pastorale. J'ai donc pris l'engagement d'en faire connaître
les conséquences, et je le ferai sans hésitation, afin
que l'on comprenne mieux le besoin impérieux d'y
apporter le plus prompt et le plus sûr remède possible.

En cela je crois remplir le devoir d'un bon citoyen
et entrer dans les vues de l'autorité supérieure, qui ne
peut pas être étrangère aux encouragemens donnés de
toutes parts à tout ce qui peut tendre à propager l'instruction primaire, à ces pieuses et charitables associations dont j'ai déjà parlé et à celles éminemment
philantropiques ayant pour objet d'arracher par le travail aux horreurs de la misère et de la faim cette foule
effrayante d'enfants et d'adolescents désœuvrés dont
sont surchargées nos grandes villes, surtout les villes
manufacturières; réunions au milieu desquelles on a
enfin songé à faire entrer quelques idées de religion.
Voilà, dans le sort de tant d'infortunes, des adoucis-
semens et des améliorations morales que je m'estime
heureux d'avoir à constater ici, mais qui ne pourront
jamais profiter qu'aux classes inférieures. Il restera
toujours les enfants et les adolescents des campagnes,
au moins ceux de cette importante classe intermédiaire ou moyenne qui nous échappent presque tous
une fois leur première communion faite et sortis des
bancs.

C'est là, je le répète, qu'est le plus grand mal,
parceque c'est là qu'il est le plus difficile à atteindre

et où par conséquent doit se faire principalement sentir la double influence dont j'ai parlé plus haut. Il ne sera que trop aisé de le comprendre par le tableau que je vais faire passer sous vos yeux, tableau qui n'aura rien d'exagéré, vous pouvez le croire : il m'en coûte assez d'avoir à le retracer.

Que ceux qui pourraient en douter et voudraient me prêter des intentions que bien certainement je n'ai pas, tournent un instant leurs regards avec moi vers ces maisons d'expiation et de douleurs aujourd'hui si multipliées; qu'ils disent si jamais on y vit tant de jeunes gens consumer leurs plus belles années dans les larmes et le désespoir. Ces malheureux jeunes jeunes gens, leur demanderai-je, aussi bien que ceux qui vont finir dans nos hôpitaux une vie déjà ruinée par la débauche, quand ils ne l'ont pas terminée par un affreux suicide, sortent-ils tous de la basse classe du peuple, dont je n'ai plus à m'occuper ici? Non assurément, encore moins de la haute classe : beaucoup trop d'entre eux sont nés dans cette classe moyenne à laquelle nous appartenons vous et moi. Se verraient-ils réduits à un tel sort si leurs parents moins aveugles, moins indifférents sur leur conduite eussent songé quand il en était temps encore et comme ils le devaient, à mieux les prémunir contre les écueils et les pièges dont ils se sont trouvés entourés de toutes parts dès leurs premiers pas dans le monde?

Et ces vieillards, effrayants dans leur décrépitude, ouvrage moins des ans et d'un pénible travail que des passions désordonnées, et dont la vie entière a été une cause de ruine pour leurs familles et de scandale

pour la société, ces vieillards, devenus à leur tour un
objet de pitié publique, d'où sortent-ils? Rarement au
moins ces malheureux, jeunes et vieux et gisant ensemble dans ces tristes asiles, descendent dans la
tombe sans avoir appelé ou accepté les dernières consolations de la religion.

Combien, au contraire parmi nous, meurent privés
de ces douces consolations! les uns par une haine in-
vétérée pour toute croyance dont s'irritent de mauvais
penchans et contre laquelle leur orgueil se raidit jusqu'au dernier soupir; les autres par une indifférence
obstinée et inconcevable, pire qu'une incrédulité
avouée, qui les conduit insensiblement à l'entier oubli
du premier des devoirs auquel on n'ose les rappeler
dans la crainte plus coupable encore d'attrister leurs
derniers moments; ceux-ci par une interprétation si
commode des préceptes de la religion à laquelle ils
disent croire, mais qu'ils ne font consister que dans
quelques pratiques extérieures, ajournant indéfini-
ment les actes essentiels, retenus qu'ils sont par de
lâches et timides considérations dans lesquelles souvent la mort vient les surprendre, espèce de christianisme rationnel ou mitigé, qui n'est en réalité qu'une
impiété mal déguisée, dont le pieux et savant prélat
de ce diocèse a fait un tableau si vrai et si frappant
dans son admirable sermon du jour de l'Epiphanie sur
le malheureux respect humain.

Il n'est donc que trop vrai que le mal moral qui
mine depuis si long-temps le corps social, a sa source
dans l'extrême indifférence où nous vivons généralement pour tout ce qui intéresse les bonnes mœurs et

les devoirs religieux. Ce qu'il y a de plus affligeant pour l'avenir de nos enfants, soit dit sans la moindre intention de dénigrement, c'est que cette indifférence se fait remarquer parmi ceux-là même qui ont le premier et le plus pressant intérêt à la combattre en eux et à l'éloigner de ceux à qui ils doivent l'exemple par la gravité et l'importance de leur position sociale.

On comprend assez que je veux parler principalement des hommes qui ont entre les mains le dépôt sacré de l'instruction publique et particulière. Pour moi je n'hésite pas à le déclarer ici, je ne vois parmi eux de vraiment dignes de la confiance de l'autorité supérieure et des familles que ceux-là seuls, qui, dans l'instruction religieuse donnée par eux ou pour eux aux élèves remis à leurs soins, joignent l'exemple au précepte, et malheureusement c'est encore le plus petit nombre. Les autres, faibles et chancelants dans leurs croyances, hommes estimables selon le monde, croient suppléer aux devoirs qu'impose une piété bien comprise, par le zèle et l'exactitude qu'ils mettent plus ou moins à remplir ce qu'ils appellent les devoirs essentiels de leur état, qualités louables sans doute, mais auxquelles il manque une sanction qui leur serait si facile; exemple dont leurs élèves ne manquent pas de s'autoriser pour s'affranchir le plutôt qu'ils peuvent d'un joug qui gêne leurs penchans, certains qu'ils sont, une fois rentrés dans leurs familles, d'y rencontrer peu d'obstacles.

Que dire de ceux des instituteurs, professeurs, maîtres d'étude ou surveillants d'élèves qui, peu réguliers souvent dans leurs mœurs et leur conduite, sont encore imbus des doctrines qui ont bouleversé et menacent encore l'ordre social? N'avons-nous pas de justes sujets de nous allarmer, quand nous savons les points de contact que partout ils ont nécessairement avec les élèves? A leur tour oseraient-ils se récrier contre moi et accuser mes intentions? Je leur dirai aussi, attendez : ces milliers de jeunes gens dont j'ai peint plus haut le triste et déplorable sort dans les maisons de détention et dans nos hôpitaux, qui les y a conduits sinon vos doctrines, vos exemples, réunis à l'aveuglement ou à l'extrême faiblesse des parents?

De là, qu'on ne s'y trompe pas, oui de là le peu de respect et d'égards d'un si grand nombre de jeunes gens de nos jours pour ces mêmes parents et pour ceux qui essaient de les reprendre. De là ces sarcasmes, ces railleries outrageantes contre ce qu'il y a de plus sacré; de là ce déchaînement de toutes les passions, ce libertinage effréné et l'abrutissement auquel il conduit.

Maintenant, je dirai à ceux de nos malheureux jeunes gens qui s'abandonnent sans mesure à l'attrait des habitudes voluptueuses, lisez ou entendez ces paroles si effrayantes de M. de la Mennais dans le premier et si remarquable volume de son ouvrage *sur l'indifférence en matière de religion :* « J'ai vu, dit-il, le souvenir m'en sera toujours présent, j'ai vu de ces malheureuses victimes d'une passion dévorante, offrir à la fleur de l'âge la dégoûtante image d'une complète décrépitude, le front chauve, les joues hâves et creuses, le regard plein d'une tristesse stupide, le corps chancelant et comme courbé sous le poids du vice, épuisés de vie, de pensée, d'amour, déjà hideusement en proie à la dissolution ; à leur aspect, on croirait entendre les pas du fossoyeur se hâtant de venir enlever le cadavre. »

Je dirai enfin à ceux qui, égarés par la fougue d'une jeunesse inconsidérée et mal conseillée, mais qui offrent encore quelque espoir de retour, oui je leur dirai avec l'accent d'une sincère affection : prenez garde, ceux dont vous suivez les suggestions et les exemples ne sont pas vos vrais amis. Croyez-en plutôt les conseils d'un vieillard qui a passé par toutes les épreuves de la vie et qui certes est loin d'être l'ennemi de la jeunesse ; apprenez à respecter et à mieux connaître ce qui fait toute la consolation de ses vieux jours, et où vous mêmes, quand viendra l'âge de la réflexion, vous trouverez, croyez-le bien, une source de véritables jouissances. Apprenez, en contemplant les suites affreuses du déréglement des sens, à réprimer des penchans funestes, qu'on parvient à maîtriser par une volonté forte et soutenue.

Quelles conséquences tirer, chères élèves, des faits graves sur lesquels je viens d'appeler votre attention et celle de vos proches ? Où en sommes-nous et où allons-nous, me demanderez-vous, sans-doute ? A ces questions que j'ai très bien prévues je répondrai en peu de mots l'histoire à la main. En général l'état moral de la société en France offre des points d'une ressemblance frappante avec celle des peuples les plus célèbres de l'antiquité touchant à leur dissolution, mêmes symptômes, mêmes signes caractéristiques sur lesquels il est impossible de se faire plus long-temps

illusion. Evidemment la maladie de notre temps et
dont on ne songe pas assez à s'expliquer la cause
vient de ce que, subjugués en quelque sorte par l'empire des sens, trop dominés par l'intérêt personnel et
les jouissances purement matérielles, nous sommes
tombés dans la plus funeste indifférence pour ce qui
fait la force réelle des nations, les *croyances religieuses*, par lesquelles seules les peuples subsistent et
peuvent se ranimer. Saurons-nous le comprendre et le
voudrons-nous fortement? Oui, si le mouvement religieux que j'ai remarqué sur les derniers point de mes
observations, notamment dans ces belles contrées,
se communique à celles toujours en si grand nombre
où jusqu'ici il a rencontré tant d'indifférents; si, vain-
cus par l'union et l'ascendant des deux pouvoirs et
par la sollicitude des mères de familles chrétiennes,
ces indifférents viennent à mieux entendre leurs vrais
besoins et ceux de leurs enfants, en n'en confiant
l'éducation qu'à des mains dignes, alors et seulement
alors nous pourrons dire, la France est sauvée et va
reprendre son rang comme puissance civilisatrice, et
assurément le clergé n'y aura pas médiocrement con-
tribué. Voyons maintenant si pour cela il est placé
dans les conditions les plus conformes possibles à sa
belle et divine mission; ce que nous examinerons
dans la lettre suivante, par laquelle se termineront
mes faibles mais consciencieuses observations sur
l'état présent de l'ordre social en France.

Onzième Lettre.

QUATRIÈME LETTRE A MES ANCIENNES ÉLÈVES.

Chères Élèves,

J'aborde ici une question délicate, question long-temps et diversement débattue, sur laquelle l'opinion n'est pas encore bien fixée, au moins celle de la classe en vue de laquelle j'écris : je veux parler des membres actuels du clergé, plus particulièrement de celui des campagnes. J'en parlerai uniquement en ancien chef d'institution et d'après les remarques que j'ai été à portée de faire depuis cinq ans. Je ne dirai que ce que j'ai vu et ce que je tiens de personnes graves, dont le témoignage, que j'ai pu apprécier, est à mes yeux d'un grand poids.

Et d'abord, signalons et mettons au grand jour une nouvelle tactique des ennemis du sacerdoce ou plutôt de la religion, lesquels, pour mieux l'attaquer et la miner dans sa base, cherchent à en ébranler les plus fermes colonnes. Étonnés, déconcertés même un ins-tant des hautes lumières et des vertus vraiment apos-toliques de notre épiscopat et du clergé de nos grandes villes, ils ont imaginé de faire de nos évêques autant de petits tyrans, sous la verge et les caprices desquels gémissent, disent-ils, les vicaires et les pauvres curés-desservants des campagnes, à qui, pour prix des plus pénibles fonctions et des plus dures fatigues, on ac-corde à peine et comme par charité le stricte nécessaire ; tandis, ajoutent-ils, que le haut clergé vit dans le faste et dans l'opulence ; reproches graves et bien faits, s'ils étaient fondés, pour légitimer la scission désirée, mais voyons.

Oui, il y a tyrannie de la part de nos évêques, si l'on peut appeler de ce nom leurs justes exigences, celles de leurs vicaires-généraux et de MM. les doyens pour assurer partout et uniformément la règle des devoirs et le bon ordre dans l'exercice du saint sacerdoce, et certes les membres du clergé dont il s'agit sont loin de voir dans cette sollicitude si nécessaire et de tous les instants, l'ombre du plus léger caprice de la part de leurs supérieurs, pour lesquels presque tous sont pleins de la plus affectueuse vénération.

Sans doute leurs moyens d'existence pourraient être moins précaires et un peu mieux proportionnés à la dignité et à l'importance des fonctions dont ils sont revêtus ; mais à qui s'en prendre ? Assurément ce ne peut pas être à leurs évêques, qui ne vivent comme eux que d'une part bien mince du budget. Singulière opulence donc, que celle qu'on leur reproche. On en peut juger ainsi que de leur faste par leur table et les expédients auxquels presque tous sont réduits pour leurs tournées pastorales. Je ne sache pas qu'il soit encore entré dans la pensée d'aucun d'eux de s'en plaindre. S'ils gémissent, c'est en secret, et de l'impuissance où ils sont de faire à leurs injustes détracteurs eux-mêmes tout le bien que comporte leur sainte et auguste mission, et de ne rien pouvoir pour l'adoucissement du sort réellement malheureux des membres du bas clergé.

Mais ceux qui, épris en apparence d'un si chaud
intérêt pour le prêtre campagnard, se sont constitués
ses avocats au tribunal de l'opinion publique, lui
viennent-ils en aide pour ce qui le touche le plus
sensiblement dans l'exercice de son ministère? Les
voit-on faire servir leur éloquence à relever aux yeux
de ses paroissiens la dignité du sacerdoce et à combattre les injustes préventions, qui depuis si long-
temps tiennent en grande partie ces derniers éloignés
de lui? et se mettent-ils bien en peine de les rappeler
sincèrement aux devoirs du vrai chrétien?

Loin de là, changeant bientôt de rôle, ils sont les
premiers, par leurs insinuations malveillantes, à le
livrer aux dédains et à la malignité des fidèles et
dociles échos que leurs doctrines rencontrent dans les
campagnes plus encore que dans nos villes. Aussi
voyez dans quels termes ceux-ci parlent de leurs pasteurs, à qui ils reprochent jusqu'à leur naissance, et
leur opposent, sous le rapport de l'instruction, ceux
de leurs instituteurs qui sortent des écoles normales.
Voyez avec quelle avidité ils vont recueillant çà et là
quelques rares écarts, qu'ils ne manquent pas d'exagérer et qu'ils s'empressent de publier avec éclat
pour s'en prendre à tout le corps du clergé et à la
religion, principal but de leurs attaques.

Ces manœuvres, évidemment subversives et des-
tructives du bien social, sont connues, et depuis
long-temps le bon sens public en aurait fait pleine
justice, si l'on n'eut pris si grand soin de le tromper
sur les intentions et les vues secrètes de notre clergé
dans l'exercice même de son ministère. Mais voyons

quelle est l'essence du saint sacerdoce et ce qu'est le prêtre au milieu de nous. Envisagé dans ses rapports avec la vie présente, le sacerdoce est un ministère universel, généreux, héroïque, qui embrasse tous les besoins de l'homme et qui n'élève le prêtre au-dessus de tous par la dignité que pour en faire le serviteur de tous par la charité. Homme de Dieu sur la terre pour faire le bien de ses semblables, sa destinée est de travailler à les rendre plus heureux en les rendant meilleurs, et sa mission spéciale est de se dévouer pour les instruire dans la vertu et les soulager dans leurs maux au risque de sa propre vie.

Voilà le prêtre, dit un célèbre orateur chrétien de nos jours, et tel est, j'ajoute, moi, oui tel est le prêtre français. Tel il s'est montré dans tous les temps malheureux, notamment dans les temps de calamité qui ne sont pas loin de nous; tel nous le voyons au sein de nos pieuses et charitables institutions dont il est l'ame par ses conseils, et dans ces contrées lointaines et sauvages arrosées du sang de tant de héros martyrs de la foi; tel il est aux yeux de l'étranger, observateur impartial, qui, plus juste que beaucoup de nous, le qualifie de *prêtre modèle par excellence*, prêtre enfin formé et dirigé par un corps d'évêques que nous envie jusqu'à l'Italie, même sa ville sainte, centre de la chrétienté. On connaît surtout la prédilection marquée du souverain Pontife actuellement régnant pour notre épiscopat, dont il n'appelle pas les membres autrement que *ses chers évêques de France*.

Cette distinction si honorable, notre clergé en géné-

ral la justifie sous tous les rapports, et pour ne parler
ici que de son instruction, elle est ce qu'elle doit être,
quoiqu'en disent ses éternels détracteurs. Aux connaissances qui font l'essence et le fond du ministère évangélique, il unit les connaissances subsidiaires d'une
utilité aujourd'hui généralement reconnue et qui assurément ne sont pas enseignées avec moins de succès
dans les séminaires que dans nos écoles et même nos
collèges. Notre clergé, pris dans son ensemble, ne
craint donc pas, sous ce rapport, la comparaison avec
les instituteurs sortant ou non des écoles normales. Il
la craint moins encore, ce me semble, pour cette foi
vive, cette piété solide qui cependant et par état
devrait leur être commune à tous et tendre au
même but.

Malheureusement il n'en sera pas ainsi tant que
subsistera ce désaccord sur un point si essentiel ; désaccord que des hommes graves, éclairés et haut
placés semblent avoir pris à tâche d'entretenir par
leurs sorties aussi imprudentes qu'injustes contre ce
qu'ils sont convenus d'appeler l'ambition de notre
épiscopat et les prétentions du clergé en général. Ces
sorties répétées jusqu'à satiété, dont le retentissement
afflige profondément les gens de bien et sincèrement
religieux, ont produit l'effet désiré, en jetant dans
les conseils du dernier ordre et jusques au sein du
sanctuaire des germes de division et de haine dont il
eut été difficile de calculer les conséquences, si une
voix puissante n'était venue réduire ces vagues déclamations à leur juste valeur et rendre enfin aux généreuses intentions et au zèle éclairé du haut clergé une
justice si éclatante.

En effet, que les membres de ce clergé si décrié trouvent auprès de l'autorité civile l'appui et le concours dont le besoin se fait partout si impérieusement sentir, on verra jusqu'où peut aller leur sollicitude pour l'amélioration réelle de l'état social. Il me reste, dans la seconde partie de cette lettre, à citer quelques exemples d'après lesquels il sera aisé de juger de l'intelligence et de la sagacité du prêtre français, qui n'est ni gêné ni découragé dans l'exercice d'un ministère tout de dévouement.

Le lendemain des journées de juillet 1830, de trois ecclésiastiques composant le clergé de Passy, près Paris, un seul reparut dans la paroisse annonçant l'intention d'offrir le jour suivant le saint sacrifice de la Messe; ce qu'il fit sans opposition, malgré l'irritation des esprits contre le membre principal de ce clergé. Un des combattants des trois journées était mort dans la commune. Sa famille éplorée réclame pour lui l'inhumation chrétienne. Le pieux et brave vicaire, aussi bon français que sincèrement animé de l'amour de ses devoirs, se présente précédé de la croix pour faire la levée du corps ; au milieu de la foule étonnée et peu disposée au recueillement que commandait une telle cérémonie. Le prêtre s'arrêtant, dit à cette foule encore exaltée et toute fière de sa victoire de la veille : « *Mes amis, découvrez-vous, celui que vous voyez sur cette croix n'était pas l'ennemi de la liberté. Au contraire, il est le premier qui en a fait connaître les vrais bienfaits.* » A ces mots, tous se découvrent, accompagnent le corps à l'Eglise et au champ du repos, pleins d'admiration et des plus respectueux égards pour *leur bon vicaire.*

On peut dire que pendant l'espace de temps assez long que cet ecclésiastique desservit avec un seul vicaire la paroisse de Passy, il y fit preuve d'un zèle, d'un désintéressement, d'un esprit de charité et de conciliation qui lui gagnèrent tous les cœurs, et dont la juste récompense eût été sa nomination définitive et hautement promise à cette belle et importante cure, qu'il ne perdit que par le trop d'empressement et la forme que l'on mit, bien contre son gré, je le puis assurer, à solliciter son installation. Cette retraite inattendue a eu pour premier effet, on le conçoit, d'amener un mécontentement, une irritation même dont le résultat allait être la transformation de la paroisse en Eglise française par l'abbé Chatel, mais scandale dont elle fut heureusement préservée par la fermeté et la vigilance éclairée du maire de la commune et la sagesse du nouveau pasteur, qui acheva si dignement l'œuvre de son zélé prédécesseur, pendant que celui-ci subissait en prêtre silencieusement soumis la disgrâce imméritée dans laquelle il était tombé, malgré le vif intérêt (j'ai pu m'en convaincre) que lui portait personnellement Mgr de Quélen.

A Juilly, diocèse de Meaux, en août 1842, cette année de grande sécheresse, éclate, dans une des grandes fermes de ce pays, un incendie qui menaçait de gagner rapidement tous les bâtimens de la ferme et les habitations environnantes. A la lueur des flammes et au son effrayant des cloches de l'endroit on était accouru en foule de tous les villages d'alentour. Le désordre et la confusion régnaient parmi tous les travailleurs mal dirigés, et le service des pompes amenées de Damenartin était impuissant faute d'eau suffisante; mais déjà une vaste pièce d'eau du collége était à la disposition du propriétaire de la ferme en danger, et une chaîne de jeunes et actifs porteurs du collége, était formée de la pièce d'eau au théâtre de l'incendie par les soins des prêtres, chefs du collége, ainsi que du maire de Juilly, vivant dans le plus parfait accord avec ces estimables chefs. En moins de deux heures on s'était rendu maître du feu au grand étonnement de la foule présente, qui ne revenait pas de l'active intelligence avec laquelle les travaux avaient été dirigés par ces hommes de bien, regardés généralement comme les Providences du pays pour l'instruction généreuse et les consolations qu'ils y répandent.

A Meaux, même accord entre les autorités civiles et ecclésiastiques, même sollicitude de part et d'autre pour le bien temporel et spirituel des habitans. J'y ai surtout remarqué la paroisse Saint-Nicolas, composée en grande partie de jardiniers, vivant il y a peu d'années encore comme ceux avoisinant Paris, dans un triste et profond oubli des devoirs religieux, et n'ayant pour église que la chapelle commune de l'hospice des vieillards. Aujourd'hui cette paroisse a son église, vrai modèle d'élégance et de noble simplicité, à la réparation et à l'embellissement de laquelle chacun, riche et pauvre, s'est empressé de concourir; église pouvant à peine suffire à ses bons paroissiens, qui s'y pressent en foule les dimanches et les jours de fêtes reconnues, les femmes dans l'enceinte ordinaire et les hommes dans de belles stalles en grand nombre qui entourent le chœur, où presque tous, dans l'ardeur de leur zèle, mêlent leurs voix à celles des chantres ordinaires; église enfin qui présente le spectacle le plus ravissant aux yeux du vrai chrétien, surtout les jours de grande solennité, dont la pompe égale presque celle de la cathédrale. Ce retour si heureux de ces bons paysans à la foi de leurs pères, et dans un tel faubourg, est l'ouvrage d'un simple desservant qui joint il est vrai au zèle, à l'intelligence admirable de son état, une douceur, une aménité de caractère à laquelle il serait bien difficile de résister. Pour moi, il me reste un bien doux souvenir des cinq mois que j'ai passés *près de lui.*

Une autre ville qui ne m'a pas moins étonné dans le cours de mes dernières observations et dont j'éprouve le besoin de dire ici un mot, c'est St-Pol (Pas-de-Calais), ville si long-temps divisée et de tout temps si peu religieuse. Aujourd'hui même affluence aux offices, même empressement pour les exercices de piété qu'à la paroisse St-Nicolas de Meaux. Comme à St-Nicolas, ce changement, j'oserai dire inespéré et vraiment miraculeux, est dû à la solide mais douce piété, aux soins vigilants et éminemment éclairés d'un curé ou doyen, ancien professeur de Théologie, venu d'Arras, profondément inspiré de l'esprit de sagesse et de conciliation de son illustre et vertueux prélat; esprit qui lui a si heureusement gagné la sympathie et le concours des autorités locales et des familles notables, non seulement du pays mais aussi des paroisses de son décanat. On conçoit l'usage qu'il doit faire de son influence à l'égard des curés-desservants de sa juridiction, les-

quels aussi ont presque tous acquis les mêmes titres
que leur doyen à l'affection de leurs paroissiens.

Un, je dois à la vérité de le dire ici, un surtout a
excité mon admiration par sa grande modestie et son
extrême modération, avec une instruction et une
réunion de qualités qui certes le rendraient bien digne
d'une cure autre que celle si petite et si pauvre qu'il
dessert depuis 6 à 7 ans, et dont il se contente cependant sans manifester ni directement ni indirectement
le moindre désir de changement, heureux qu'il est du
bien immense qu'il a fait et qu'il fait chaque jour, et
du voisinage d'une famille fort honorable qu'il aime
vivement et dont il est si tendrement aimé.

Sans doute, pourront dire quelques-uns de ces in-
crédules obstinés, aux attaques desquels j'ai osé entre-
prendre de répondre, voilà des actes dignes d'éloges de
la part de ceux des ecclésiastiques en qui ils ont pu
être remarqués; mais sont-ils bien communs? Je ne
crains pas de répondre affirmativement. J'ajouterai
même qu'il est peu et très peu de prêtres en exercice
qui en pareille position n'en feraient autant, sinon tous
également aussi bien, au moins avec la même bonne
volonté. Ils connaissent l'extrême difficulté des temps
où ils vivent et l'esprit de malice de leurs infatigables
détracteurs. Ils savent bien qu'eux les premiers ils doivent l'exemple des vertus morales et sociales que leur
ministère leur fait un devoir de graver dans les cœurs;
que s'ils étaient assez malheureux pour l'oublier un
instant, ou que si, emportés par un zèle inconsidéré et
mal entendu, ils venaient, dans leurs rapports avec
les autorités locales, à vouloir aller au-delà des limi-

tes de leurs attributions, ils savent quelles en seraient
les fâcheuses et très fâcheuses conséquences, et pour la
confiance et la considération dont ils ont si grand besoin, et pour leur avancement dans les grades du sacerdoce, dirigés, je le répète, et suivis comme ils le sont.

Ce n'est pas, j'en conviens, qu'on ne puisse repro-
cher à quelques membres du clergé des désordres et
aussi des scandales. Je conviens que les vices du prêtre
sont plus criants en raison de la sainteté même de sa
vocation et du caractère dont il est revêtu. Mais si une
chose doit étonner, c'est que ces vices ne soient pas
plus multipliés; et comment en serait-il autrement au
milieu d'un monde comme celui où il vit; environné
de tant de mauvais exemples, exposé à tant de séduc-
tions et aux périls inséparables de son ministère
même? Il est donc contre les penchans si puissants
de notre nature faible et corrompue de vouloir que
tous les prêtres, enfants de leur siècle comme nous
et non des anges, soient toujours et entièrement purs
de la contagion commune.

La vertu est faite pour tous, et dans la société civile,
observe avec raison M. de Frayssinous, où est la pro-
fession qui soit sans reproche, depuis le magistrat dans
l'administration de la justice et le fonctionnaire public
dans les actes de sa gestion, jusqu'au médecin dans
les soins qu'il doit à ses malades? Soyons justes, et
surtout gardons-nous de nous prévaloir contre la
religion, si pure et si sainte en elle-même, des vices
de quelques-uns de ses ministres et qu'on étale avec
complaisance sans tenir compte des grandes vertus
qui honorent le sacerdoce et des services prodigieux

qu'il a rendus, qu'il ne cesse de rendre à toutes les classes de la société, services dont il ne doit pas être difficile à un esprit éclairé et non prévenu de faire l'énumération.

Après ce que j'ai vu et observé avec calme à Paris, dans les diocèses de Versailles, de Meaux, d'Arras et de Cambrai, je suis en mesure de pouvoir assurer que les prêtres en exercice et dans une grande généralité ont le zèle, les lumières et les vertus essentielles de leur état; qu'ils méritent toute l'attention et l'appui sincère de l'autorité supérieure, à laquelle il est ou doit être bien démontré que son action est impuissante, séparée de celle du clergé, pour arriver à guérir le mal qui travaille depuis si longtemps le corps social. Car, il faut bien le reconnaître, trop longtemps aussi l'appui dont le clergé a si grand besoin dans l'intérêt de tous n'a été qu'illusoire et accompagné d'entraves sans nombre et de dégoûts de toute espèce. On ne doit donc pas s'étonner que la religion, ainsi humilié et déshonorée dans ses ministres, ne recueille que l'indifférence, maladie de notre temps ainsi que nous l'avons déjà vu et que malheureusement on semble se complaire à entretenir par de nouvelles sorties surtout contre le haut clergé. Je ferai voir, dans mon dernier mot à mes anciennes élèves, que ces sorties ne sont pas plus fondées en raison que les précédentes.

Douzième Lettre.

DERNIER MOT A MES ANCIENNES ÉLÈVES.

Chères Élèves,

Je comptais terminer par la lettre précédente mes observations sur les causes réelles ·et peu connues (au moins de la plupart de vous), du mal moral que nous déplorons. Mais comment se taire lorsque nous voyons avec le sentiment de la plus pénible surprise que dans la grande et importante affaire qui doit décider de l'avenir de nos enfants, tout est remis en question.

Naguère une voix puissante, répondant aux déclamations des ennemis du sacerdoce, semblait annoncer que nous touchions enfin au moment où nous allions voir se réaliser, entre les deux pouvoirs, cette union, ce bon accord que nous appelions de tous nos vœux et dont on paraissait sentir la nécessité. Aujourd'hui autre langage : Tout-à-coup ces hommes de paix dont on venait de proclamer les hautes lumières et les salutaires intentions, sont devenus un nouveau sujet de défiance et même d'alarmes, et pourquoi? Est-ce parce que, profondément pénétrés comme ils le sont des devoirs sacrés que leur impose une mission toute apostolique, ils en sentent l'importance, et entendent la remplir dans toute son étendue? Est-ce parce qu'ils se montrent jaloux de conserver intacte la dignité de leur ministère et veulent être évêques dans toute la vérité du mot ? Ou serait-il vrai que quelques-uns se fussent laissé emporter un peu trop loin par l'ardeur de leur zèle, d'ailleurs tout chrétien ? C'est ce que j'ai peine à croire et ce que je ne chercherai pas à approfondir, voulant me tenir en dehors de toutes questions politiques et irritantes.

Je ne parlerai et en très peu de mots que des tristes résultats de ces vagues accusations et des nouvelles sorties auxquelles elles ont donné lieu de la part de certains journaux qui comprennent bien mal le véritable intérêt du pays sous le point de vue social. Qu'eux et quelques puissants du jour dont ils sont les trop fidèles organes, veuillent donc examiner la question de sang-froid et sans prévention, ils verront qu'autre chose est de juger, de son cabinet et d'après des rapports passionnés et infidèles, ou sur les lieux et dans les campagnes, où, faute de lumières, tout, le mal plus que le bien, est saisi avec une avidité, un esprit de malice qui a les conséquences les plus déplorables; et c'est ce qu'y produisent dans ce moment-ci les derniers débats entre les deux pouvoirs et les insinuations si peu bienveillantes qui en ont été la suite; insinuations dont, encore une fois, gémissent les gens de bien et qui malheureusement retarderont pour longtemps encore ce rapprochement, cette union si désirable et si nécessaire entre les hommes influents et de bonne foi des diverses classes de la société.

Pour moi qui ai vu les choses de près et de très près, j'ai montré en toute réalité le prêtre tel qu'il est dans l'exercice de son ministère; je l'ai montré dans toutes les vicissitudes, dans les situations difficiles

périlleuses même où il s'est trouvé et peut se trouver
encore. On a vu jusqu'où allait sa sollicitude et au
besoin jusqu'où pouvait aller son dévouement. Je puis
dire avec la même vérité que dans les incessantes
accusations dont le haut clergé surtout est l'objet, il
y a non seulement injustice, mais ingratitude; car
que sont et que font nos évêques? Presque tous aussi
sont sortis de nos rangs, et comment se sont-ils élevés
à l'épiscopat? Lisez leurs lettres pastorales, leurs
mandements, vrais chefs-d'œuvre, presque généralement, d'éloquence et d'onction chrétienne. Voyez-
les dans leur intérieur entouré de leur clergé dont ils
sont sincèrement aimés autant que révérés. Suivez-
les dans leurs fréquentes visites pastorales; voyez
cette inquiète sollicitude pour l'instruction chrétienne
des enfants et des adolescents de toutes les classes.
Voyez encore leur tendre compassion pour toutes les
infortunes, leur empressement à les soulager, malgré
leurs bien faibles ressources, et à provoquer partout
sur leur passage ces pieux asiles et tant d'établissements de bienfaisance. Enfin est-il un sacrifice ou un
acte de noble dévouement devant lequel on les ait
vus reculer?

Il me semble que tant de vertus réunies et qui ne
contrastent pas trop avec celles de ces anciens héros
de l'humanité et des beaux jours du christianisme,
devraient causer moins d'ombrage et porter à un peu
plus de bienveillance à leur égard. Ils ont de l'ambition et nourrissent, dit-on, des vues secrètes d'intolérance. De l'*ambition*? Oui, ils en ont, mais celle,
ce me semble encore, de se montrer en tout dignes

de leur institution, de faire servir leur influence toute
évangélique au triomphe des saines doctrines et d'en
répandre partout également les bienfaits. *Ils nourrissent des vues secrètes d'intolérance* ? Epouventail à
l'aide duquel on s'efforce de leur aliéner le cœur des
si crédules campagnards, mais qui est un non-sens
devant leurs hautes lumières et la parfaite connaissance qu'ils ont de l'esprit de leur siècle. Si, en bonne
justice et comme cela devrait être, on juge nos évêques et leur clergé par leurs œuvres, tout cet écha-
faudage d'accusations si artificieusement élevées contre
eux, tombera bientôt de lui-même et ne mérite pas
qu'on y réponde. Continuons d'agir en plein jour,
toujours dans la limite de nos droits et de nos devoirs, et laissons dire.

Chères anciennes Élèves, sages institutrices et mères
de famille chrétiennes qui, je le pense, avez eu la
patience de lire ces longues et peut-être ennuyeuses
lettres, il entrait dans mon plan et dans mon cœur,
avant d'aborder mes publications historiques et géographiques, de vous faire connaître toute ma pensée
sur l'éducation des jeunes personnes en général et de
faire passer sous vos yeux le tableau fidèle des mœurs
de notre époque, au moins celles que je me suis
attaché particulièrement à observer depuis cinq ans.
Je me suis un peu étendu et à dessein sur les vertus
réelles du clergé et les services immenses qu'il a
rendus, qu'il est prêt à rendre encore à toutes les
classes de la société, malgré les pièges imaginés pour
le surprendre, malgré les entraves inconcevables et
les dégoûts de toute espèce par lesquels on cherche à
paralyser son zèle.

5

J'ai voulu faire voir que ce clergé si injustement décrié, était digne de toute notre confiance et de l'appui si nécessaire de l'autorité civile pour l'accomplissement de l'œuvre de régénération que nous poursuivons. Sans doute nous pouvons quelque chose, nous écrivains sincèrement catholiques, et vous beaucoup plus encore, mères de famille, par votre douce et persuasive influence sur tout ce qui vous entoure. Mais, ni vous ni nous ne pouvons rien que soutenus du zèle et éclairés des lumières spéciales du ministère évangélique. Le plus grand malheur pour nous, pour l'ordre et l'intérêt social, serait qu'à force d'entraves et de dégoûts ce salutaire et puissant concours vînt à nous manquer. Puissions-nous tous le comprendre ! puisse notre chère et belle France éviter le naufrage dont elle est infailliblement menacée si elle ne revient progressivement à ses anciennes et tutélaires croyances, assurément son plus beau titre de gloire.

QUELQUES MOTS SUR LES AVANTAGES DE L'ÉTUDE, ADRESSÉS AUX ÉLÈVES DE L'INSTITUTION DE PASSY, FIN DE L'ANNÉE SCOLAIRE 1843, PAR LEUR MAÎTRESSE CHÉRIE.

Chères Élèves,

L'étude, compagne de l'âge mûr, est aussi l'amie et la meilleure conseillère de la jeunesse. Par elle et bien dirigés ses enseignemens, à la fois graves et pleins d'attraits, ont le secret de parler à l'esprit et au cœur. Par elle, l'imagination se développe et s'embellit, l'intelligence s'agrandit et s'élève à l'appréciation des ravissantes merveilles qui s'offrent de toutes parts à nos regards étonnés. Là encore, l'âme vient reposer doucement sa noble pensée; et loin des agitations du monde, elle retrouve dans ce calme heureux l'espérance et presque le bonheur.

Et vous, chères amies, qui déjà avez goûté les premiers et doux fruits de l'étude, vous aussi, sem-

blables à de jeunes abeilles, vous avez voulu re-
cueillir le miel si pur de la science de votre âge, de
cette science qui éclaire l'esprit du flambeau de la
raison, qui imprime dans le cœur les qualités so-
lides, les pensées généreuses.

Un sentiment, le plus noble entre tous, après celui
qui élève l'âme vers son divin Créateur, l'amour filial
enfin a soutenu et encouragé votre zèle, excité votre
émulation. Presque toutes vous avez travaillé avec
une véritable ardeur, non seulement à acquérir les
connaissances variées qui charment la vie intérieure
pour laquelle vous êtes nées, mais aussi pour acquitter
la dette de la reconnaissance que vous avez contractée
envers vos parents. Vos succès sont en effet le plus
doux dédommagement que vous puissiez leur offrir en
échange de la prévoyante sollicitude dont ils vous
entourent, des sacrifices qu'ils s'imposent pour votre
bonheur. Votre cœur s'est ému de tant de bienfaits,
et vous avez senti qu'il viendrait pour vous un jour
où vous auriez à rendre à ces chers parents affection
pour affection, amour pour amour. C'est une noble
et bien douce tâche, mes chères amies, que celle
d'accomplir ses devoirs de fille, et votre âme si pure,
si bien disposée aux sentiments de piété filiale, de
véritable reconnaissance dont elle surabonde, ne
restera pas au-dessous de la belle mission que le
ciel, dans son inépuisable libéralité, lui a préparée.

Pour atteindre un but si honorable, si cher à votre
cœur, vous demanderez à la religion l'appui de ses
sages conseils et de ses inspirations sublimes qui
élèvent le cœur aux plus grands, aux plus généreux

sacrifices; car cette religion sainte est la base, la source de toutes les vertus, la consolatrice de toutes les afflictions, l'amie toujours fidèle dans la bonne comme dans la mauvaise fortune.

Avec ce pieux et puissant secours, vous vous consacrerez tout entières au bonheur de celle qui toujours est prête à donner mille fois sa vie pour conserver la vôtre et vous savoir heureuse : il y a tant d'abnégation, tant d'abandon dans le cœur d'une mère! Aussi vous aimerez la vôtre de cette affection vive et confiante qui dit ses peines, ses joies, ses impressions les plus intimes, ses émotions les plus secrètes. Enfin vous regarderez votre bonne mère comme une autre Providence qui veille incessamment sur vous pour vous défendre, vous protéger, vous soutenir de toute la sagesse de son expérience, de toute la puissance, de toute la force de son amour.

Pénétrée de respect pour votre père, attentive à ses moindres désirs, votre ingénieuse tendresse saura deviner si elle doit soulager sa douleur ou sourire à ses joies. Votre douce gaîté dissipera ses ennuis, et près de vous il oubliera ses soucis, les amertumes de la vie.

Ainsi dévouées, chères élèves, au bonheur de vos bons parents, votre existence doublée par une joie si pure et si vraie s'écoulera heureuse. Entourées de soins et de conseils, vous croîtrez sous l'aile paternelle comme la jeune plante s'élève et grandit à l'ombre de l'arbre séculaire qui la couvre de ses rameaux protecteurs pour la défendre des orages, et ne laisse tomber sur elle que la rosée vivifiante du ciel.

Chéries de vos familles, estimées du monde, votre caractère aimable et bienveillant exhalera partout où vous paraîtrez ce parfum de modestie, de douceur et de bonté qu'on aime à trouver dans le cœur d'une jeune fille ; car c'est là la beauté première, la beauté impérissable qui la suit dans toutes les phases de la vie.

Alors, mes enfants, notre tâche sera remplie, nos vœux comblés, parceque vous serez heureuses autant qu'il nous est donné de l'être ici bas. Croyez bien que notre sincère affection, notre sympathie vous accompagnera toujours, et quelque soit l'avenir que la divine Providence vous destine, vous pouvez à jamais compter, vous le savez, chères élèves, sur l'entier dévouement de votre meilleure amie et de celles qui partagent mes soins et ma sollicitude pour vous.

A MONSIEUR LE RÉDACTEUR

Du Journal du Clergé des diocèses de Cambrai, d'Arras et de Soissons.

Monsieur,

Enfin et à l'aide de votre estimable et modeste journal, dont vous avez bien voulu m'ouvrir les colonnes, j'arrive à la revue historique et géographique depuis long-temps promise et qui paraîtra successivement, de semaine en semaine, après la quinzaine de Pâques, dans l'ordre indiqué par une de mes lettres précédentes à 'M. le rédacteur de l'*Emancipateur*.

Toujours guidé par le grand Bossuet, dont j'adopte les onze divisions ou époques de l'histoire ancienne, et tout en suivant sa marche rapide surtout à travers l'obscurité des premiers temps, je reproduirai les plus

saillantes de ses pages si sublimes sur les principaux
peuples de la haute comme de la moyenne antiquité;
pages toutes empreintes de son mâle génie et de sa
haute sagacité, où les personnes et les choses sont
peintes sous une physionomie et des traits qui
ont inspiré à Montesquieu aussi un beau et bon
volume, lequel, à son tour, est devenu sous la plume
de l'anglais Gibbon, un vaste et élégant ouvrage, mais
très dangereux et rempli de paradoxes dans la partie
où l'auteur veut expliquer les progrès sensibles, mais
inexplicables du christianisme naissant, ouvrage qui
ne doit être lu qu'avec une extrême réserve.

L'analyse consciencieuse que j'entreprends des
grands faits de l'histoire, sera convenablement éclairée, ainsi que je l'ai annoncé, du double et indispen-
sable flambeau de la chronologie et de la géographie,
afin que les images des temps et des lieux se gravent
dans la mémoire en même temps que les faits; et
avec cette analyse marchera ce qu'il n'est pas permis
d'ignorer de l'histoire littéraire des peuples les plus
connus, pour bien juger du progrès des sciences et
des arts, ni de l'histoire naturelle pour avoir au
moins une idée des productions merveilleuses que la
terre étale à nos yeux ou qu'elle cache dans son sein.

Mais ce que je m'attacherai surtout à bien faire
connaître, ce sont les personnages qui, par les utiles
découvertes et les sages institutions dues à leur génie,
ont été les bienfaiteurs de leurs semblables et la gloire
de leur siècle, et aussi ceux qui, au contraire, en
ont été les fléaux et la honte par leurs crimes, la
dépravation de leurs mœurs et la bassesse de leurs

sentiments. Nous verrons à quel degré d'ignominie et
d'avilissement l'espèce humaine était partout des-
cendue bien avant l'apparition du christianisme, notamment chez les Grecs et les Romains, cependant les
deux peuples les plus vantés de l'antiquité, que deux
écrivains diversement illustres nous ont peints sous
des traits qu'aussi je me ferai un devoir de repro-
duire, pour que mes lecteurs, surtout mes lectrices,
sachent bien et puissent aider à mieux faire comprendre tout ce que nous devons à celui qui est venu
retirer le monde d'un tel état de dégradation, et qui a
tant fait par lui et par ses ministres pour rétablir
l'homme dans sa dignité première.

Telle est, Monsieur, le but de ces modestes publications auxquelles je ferai en sorte que soit joint
chaque fois un article où seraient fondues et clairement présentées les importantes vérités de morale
pratique prises dans les grands ouvrages que j'ai plusieurs fois cités ; vérités d'un si touchant intérêt sous
la plume facile et élégante du pieux et savant prélat
dont s'honore à juste raison ce beau diocèse, et qu'il
appartient spécialement à votre utile journal de propager.

En effet, ce journal, par sa forme, conçu comme il
l'est et réunissant aux éléments précieux qu'il ren-
ferme deux articles de fonds d'une instruction solide
et sagement variée, deviendra, je le crois, une sorte
de manuel périodique dont la lecture, si facile, doit
être recherchée des personnes pieuses de l'un et l'autre
sexe également désireuses aujourd'hui de suivre avec
une attention particulière tout ce qui peut tendre à

là renaissance de la religion et des bonnes mœurs, objets incontestables des unanimes et infatigables efforts du haut et bas clergé.

Puisque ma très faible participation à la rédaction de votre journal, dans le sens que j'ai eu l'honneur de vous le proposer, paraît entrer dans vos vues, vous pouvez compter sur moi tant que ma santé me le permettra, ce journal réunissant toutes les conditions que je désirais rencontrer pour le but que je me propose.

Votre très dévoué et affectionné,

J. JOVENET.